SAFÁRI

Luís Dill

SAFÁRI

Romance

Rocco

EDITORA ROCCO LTDA.
Av. Presidente Wilson, 231 – 8º andar
20030-021 – Rio de Janeiro, RJ
Tel.: (21) 3525-2000 – Fax: (21) 3525-2001
rocco@rocco.com.br
www.rocco.com.br

Printed in Brazil/Impresso no Brasil

Preparação de originais
DENISE SCHITTINE

CIP-Brasil. Catalogação na fonte.
Sindicato Nacional dos Editores de Livros, RJ.

D572s Dill, Luís, 1965-
Safári / Luís Dill. - 1ª ed. - Rio de Janeiro: Rocco, 2014.

ISBN 978-85-325-2926-8

1. Romance brasileiro. I. Título.

14-12855 CDD- 869.93
CDU- 821.134.3(81)-3

A minha janela é melhor
do que cinema e televisão.
Dela vejo o mundo como é.
(...)

"A vida acontece"
José Eduardo Degrazia

1.

Morrerá em poucos minutos.

No tempo que lhe resta avalia suas chances com as duas jovens.

A loira é alta, tem traços delicados e determinados. Os cabelos estão arranjados em complicado redemoinho no alto da cabeça e brilham sob o magnífico entardecer. Veste jeans e bata azul florida. Sapatos de saltos mínimos.

Ao lado, um palmo mais baixa, a morena gordinha. Tênis, calça jeans e camisa de abotoar na frente. As roupas não a favorecem sob nenhuma circunstância, em especial porque a envelhecem e a tornam alvo fácil de comentários equivocados quanto a sua orientação sexual.

O Boto e o Peixe-espada, ele apelida.

A dupla se aproxima, braços dados. Aparentam insegurança na rua sem pavimento. Estão constrangidas também.

Boto e Peixe-espada.

Ele gosta de dar apelidos. Na maioria das vezes compara pessoas a animais. Ele mesmo se intitula Puma. (Porque sou ligeiro, enxergo longe, meto medo, imponho respeito, adoro essa marca das roupas esportivas e, de quebra, sou muito presença.) Mas teve de batalhar pela alcunha, pois no seu meio o batismo ocorre de forma espontânea. Raramente é fruto da própria criatividade. O fato é que, após muito insistir, o codinome vingou.

Puma. Moreno magro, pele bronzeada, costas arqueadas, suíças extensas por toda a lateral do rosto ossudo. Olhos febris.

Puma acena confiante para elas.

Ajeita a camiseta amarela cavada.

Coloca-a por cima do cabo da pistola 9mm presa entre a pele lisa e o cós da bermuda.

[Na verdade até simpatizo com eles, com o modo como ostentam suas armas de forma acintosa.]

Puma se penitencia por não estar usando a Lacoste verde-limão recebida da namorada. Presente pelo seu aniversário. Comemoração ocorrida há dois dias. Camisa polo novinha, falsificada, o tecido fininho. Comprada de um camelô. Mas o importante mesmo era o jacarezinho bordado no lado esquerdo do peito. Naquele caso, colado no lado direito do peito. E diante de exame mais apurado, o réptil revelava suas deformidades. (Parabéns, meu amor, não é sempre que se faz 22, vê lá com quem vai usar, olha, tu me conhece, sou ciumenta pra caramba, imagina se eu vou te deixar bonito pras outras.)

Também poderia ter colocado a bermuda de surfista e o mocassim ao invés do chinelo de dedo, mas (Que merda, com todo esse calor quem aguenta andar por aí todo arrumadinho?) optou pelo básico.

A loira acena de volta, três metros agora.

[Pistolas, revólveres, rifles, submetralhadoras, escopetas, granadas. Muitos dos armamentos são de uso exclusivo das Forças Armadas, de instituições de segurança pública e de pessoas físicas e jurídicas devidamente autorizadas pelo Comando do Exército. E, no entanto, veja só, todo esse arsenal repousa no cós das bermudas ou então passeia dependurado nos ombros dos sujeitos geralmente magrelos, frágeis, mas com pose e atitude de leões da savana.]

Horas mais tarde, quando o impacto do que verá em poucos segundos tiver arrefecido –

olhos ainda inchados pelo choro — a jovem loira se lembrará do frio na barriga ao vê-lo cumprimentá-la. (Não sei por que senti aquilo. Uma coisa ruim, mau pressentimento, intuição, sei lá, só sei que quando bati o olho no tal cara e ele levantou a mão pra me dar *oi* me subiu uma coisa morna até a testa, tipo formigamento, sabe? Ah, não sei explicar, coisa ruim mesmo.)

Assim tão de perto, ele julga decifrá-la melhor. (Maior jeitão de universitária. Burguesa do carrão zero quilômetro.)

Encara os seios abundantes no sutiã da jovem loira. Depois as pernas longas e finas demais para seu gosto. (Mulher tem que ter coxa, tem que ter bunda, esse negócio de manequim magricela é bom só praqueles costureiros veados, mulher boa mesmo tem coxa grossa e bunda saltada, tem lugar onde a gente estacionar as mãos, e outra: quem gosta de osso é cachorro.)

[Lá estão à vista de todos, de autoridades, de políticos, da mídia, da sociedade. Como sentinelas caldeus ou babilônicos no zigurate desenhado por vielas e barracos. Os moradores convivem com a existência deles aparentemente sem muito esforço. Conformaram-se com a presença dos desgraçados. Faz parte da paisagem, o que se há de fazer? Alguns habitantes até confraternizam, trocam piadas, tapinhas nas costas, consideram-nos trabalhadores inevitáveis do meio ambiente por vezes predatório. Há até quem os defenda: Os traficantes resolvem os problemas da comunidade. É, bom argumento, não dá pra negar.]

Puma lança um olhar descontraído à acompanhante.

O medo está tatuado no rosto redondo da moça. Os óculos retangulares de larga armação preta parecem incrementar a já óbvia intranquilidade.

É a maior aventura dela. (Aquela vez dentro do carro do meu pai, na garagem de casa, com os dois guris, todo mundo pelado, aquilo foi fichinha, te digo, fichinha, nada parecido com isso daqui.)

Sua maneira de inspecionar tudo em volta acrescido do modo muito particular como olha o homem magro, bronzeado, bem a sua frente indica o claro arrependimento pela empreitada. (Como fui me meter nessa? Como deixei esta maluca me convencer?)

[Os caras fazem o que o poder público não dá conta. Outros raciocinam de modo mais pragmático: os ricos precisam de droga e alguém precisa abastecer-lhes as narinas e as veias azuis. Meras relações comerciais. Tanto faz. Assim são as coisas. Quem pode julgar? Mas não tenho a menor intenção de entrar no campo das teorias sociológicas ou antropológicas ou afins. Não. É discussão das mais aborrecidas e me faz imaginar um cachorro preguiçoso correndo estupidamente atrás do próprio rabo. O que o animal fará se alcançar seu objetivo?]

— Oi, gata — ele diz, os olhos voltados para a loira, o corpo todo centrado nela.

De propósito. Tenciona minimizar a presença da outra, embora a ideia de ter de levá-la junto para a cama não o desagrade por completo. (Uma gordinha tem seu valor. Assim como as feias. Porque sempre querem superar as bonitas, sempre querem se mostrar, fazer mais coisas, coisas diferentes que as bonitinhas nunca fazem, *Ai, isso eu não quero, Isso eu não faço, Isso dói.*)

— Oi — a jovem loira responde e passa a mão sobre o buço quase imperceptível, onde mínimas gotas de suor haviam se formado durante a jornada. — O motorista do táxi não quis entrar aqui — explica num suspiro.

— O nome disso é respeito, gata. Respeito — ele sorri sem tirar os olhos dela. Sente-se poderoso e com sorte. — Nessa zona aqui só poucos podem entrar. Agora, já uma gata como tu vai ter sempre acesso vip por estas bandas. Palavra do Puma. Pê-u, eme-a. Puma.

— Legal — ela tenta o sorriso. Torna a limpar o buço já seco. Solta um *ah* prolongado, fruto de seu mal-estar.

Deseja fazer o negócio logo e sair. A transação não necessita grande quantidade de raciocínio, nem precisa tomar tanto tempo. A intensidade do empreendimento arriscado a sufoca.

Começa a pensar como a amiga estava coberta de razão quando tentou demovê-la da ideia. (Tá maluca? Hem? Tá maluca? Se meter naquele buraco por causa de pó? A gente não precisa nem sair de casa, é só chamar a tele-entrega, porra. Bebeu?)

Puma percebe o embaraço, tira do bolso o papelote, joga-o para cima displicente.

Diverte-se.

(A isca no anzol, o anzol na água.)

Boto e Peixe-espada.

Agarra o papelote na palma da mão. Fecha-a. Algumas clientes chegavam desesperadas a ponto de consentirem de bom grado qualquer proposta absurda. Ouviu falar de uma dona de casa, mãe de dois filhos pequenos, que aceitou transportar para dentro do presídio dois telefones celulares e droga ocultos em suas partes mais íntimas.

Sabe ainda não ser o caso.

Sabe que com Peixe-espada ainda precisará trabalhar mais. Mas já viu acontecer. O desafio o enche de prazer.

— Produto de primeira qualidade, sem batismo, puríssima, garantia do Puma.

— Certo, certo — faz ela, a mão procurando o dinheiro no bolso de trás da calça.

— Se quer coisa boa vem aqui. Tem muito vidro moído e aspirina por aí, gata. Aqui é firmeza. Já sabe: fala comigo. Pê-u, eme-a. Puma. A hora que quiser. Eu te atendo 24 horas por dia — sorri e vai sugerir que da próxima vez ela não tenha todo o trabalho de chegar até ali, nem de trazer a amiga.

Vai propor um encontro, um chopinho.

Contudo não lhe resta mais tempo.

A última coisa a registrar é o azul dos olhos da moça delgada. Cor de céu, azul de manhã feliz.

No instante seguinte está aterrissando no chão, um metro adiante.

Morto.

O peito tem o furo do tamanho da moeda de dez centavos que lhe escapa do bolso após o impacto.

Nas costas, o buraco de saída da bala é irregular, mas capaz de abrigar uma bola de tênis.

[Em suma: tudo besteira. Nada dessa filosofia de botequim é capaz de me interessar. Por isso, em certo aspecto, chego a simpatizar com eles. Estão na deles, ganhando a vida, também não estão dispostos a engolir o blá-blá-blá pré-fabricado de especialistas na vida real. Mas tal apreço é muito sutil e simpatia não pode ter peso. Ao menos não com essa gente. Portanto nada que me faça tirar o dedo do gatilho.]

2.

A sala de reuniões é propositalmente austera.

Mesa retangular comportando oito cadeiras. Cor de tabaco. As cadeiras em madeira. Não muito confortáveis.

O porcelanato 60 por 60 do piso é gelo, as paredes, palha.

Duas luminárias embutidas com lâmpadas fluorescentes tubulares espalham luz branca. Oferecem irremediável assepsia ao ambiente.

Em uma das paredes, persianas horizontais em alumínio ocultam a paisagem.

Na parede oposta, três reproduções de Paul Cézanne: duas telas com jogadores de cartas e, entre elas, *O advogado*.

Sob as telas o aparador em MDF cor de tabaco sustentando cafeteira, xícaras, copos e garrafas de água mineral.

O split de 12 mil btus deixa a temperatura em perenes 18ºC.

Nas laterais da mesa estão Arnaldo Sándor, 57 anos, dono do escritório, homem alto, corpulento, cabelos grisalhos, olhos de um azul pálido; Murilo Marques, 34 anos, estatura mediana, compleição atlética, traços angulosos, e Geraldo Delvecchio, 33 anos, cadeirante, o rosto redondo denunciando seu sobrepeso, a calvície inevitável demonstrada pelas entradas profundas.

Na cabeceira, o cliente.

Chama-se José Antônio Tavares de Abreu. Empresário, 52 anos, sorriso permanente no canto da boca de lábios finos. Apesar de bem escanhoado, o rosto mantém a sombra acinzentada da barba. Os olhos pretos são miúdos e opacos. Veste terno alinhado, sapatos caros. Sente calor.

Pontuando a tensão inevitável há a leve competição entre fragrâncias. Não chegam a brigar, mas não se mesclam. O perfume do cliente mais recente, portanto com leve destaque.

— Mais outro cafezinho? — Arnaldo Sándor pergunta ajeitando o nó da gravata.

O cliente sinaliza seu Não com gesto contido. Sabe que as amabilidades iniciais chegaram ao fim.

— Isso vai me custar muito caro — diz não em tom de lamento. É mais um pensamento verbalizado. Detesta gastos não planejados. De acordo com suas convicções pessoais e empresariais, dinheiro serve apenas para gerar mais dinheiro. Na cartilha monetária que o orienta só uma ínfima porcentagem do dinheiro deve ser desperdiçada com prazeres mais ordinários. Recursos desviados com o inesperado lascam seu humor.

— Vai custar caro — Arnaldo Sándor concorda. — E nós queremos fazer jus ao seu investimento.

— Investimento? — O cliente faz cara de quem perdeu a piada.

— Quanto vale a sua liberdade, senhor Abreu?

A pergunta de Geraldo Delvecchio eleva a temperatura na sala de reuniões. (Quero ver esse bundão pedir penico.)

Todos sorriem.

José Antônio Tavares de Abreu não se dá ao trabalho de responder. (Aleijado de merda, eu não teria problema em te surrar aqui mesmo.)

Murilo Marques levanta, enfia as mãos nos bolsos da calça (Se todo filho da puta tivesse essa calma, o mundo seria um lugar mais habitável), pigarreia e pergunta se a mídia está correta em suas suposições contidas em matérias recheadas de verbos no condicional.

— Simples assim, hã?

Os três homens limitam-se a observá-lo. É a maneira de encorajá-lo a falar e deixar claro como não estão dispostos a compactuar com circunvoluções retóricas.

— Sim — o cliente por fim responde e encara Murilo.

Quer se certificar de que não há traço de julgamento ou de antipatia. (Eu podia socar esse merdinha só por ele ter citado a imprensa. Seria ótimo ver esse cara tentar manter a pose com o nariz arrebentado.)

O empresário não constata nada na expressão do advogado. De certa forma, a reação o desaponta. No íntimo chega a estremecer ante o olhar neutro do outro.

Murilo Marques serve-se de café.

— O senhor apanhou sua esposa no aeroporto, teve uma discussão com ela ou algo assim dentro do seu carro, parou em um lugar ermo, agrediu-a a socos e depois a estrangulou. — Murilo leva a xícara aos lábios sem beber. — Abandonou o corpo da sua esposa em uma vala, voltou a dirigir e, minutos depois, jogou seu carro deliberadamente na lateral da estrada. Chamou a polícia e disse ter sido vítima de assaltantes armados.

— Sim — o cliente diz sossegado. Mãos cruzadas sobre o tampo da mesa. Por instantes avalia como teria sido bem melhor contratar o crime. Acrescenta: — Mais ou menos isso.

Geraldo Delvecchio ergue duas folhas de sua prancheta.

— O senhor teve escoriações leves, conseguiu dar descrições bem detalhadas dos dois indivíduos que entraram no carro com o senhor e mataram sua esposa, a polícia encontrou sua carteira no matagal próximo ao local do acidente, depois houve o enterro de sua esposa, em seguida a polícia começou a desconfiar da sua versão dos fatos e, então, a imprensa começou a se banquetear com a possível reviravolta no caso — narra sem paixão, com voz quase monótona.

— Precisamente.

O cadeirante não demonstra, mas está aliviado. Odeia quando um cliente começa a produzir remendos em suas próprias mentiras.

— Agora cá estamos — a voz de Arnaldo Sándor tem centelhas de impaciência. É homem dinâmico, gosta de ver as tarefas sendo levadas adiante, especialmente se pode ele mesmo se encarregar de dirigir tudo. Chega a preferir cumprir uma tarefa de modo precário do que não se mexer. Não acredita na política do melhor momento. É devoto do aqui e agora. Sua bíblia é *O livro dos cinco anéis*. Gosta de repetir a seus associados: *Quando for atacar, não se preocupe com a força do golpe, pense apenas em cortar de modo mortal*. – O senhor está entre amigos, não se preocupe.

– Vocês (seus sanguessugas) querem me ouvir – outra vez José Antônio Tavares de Abreu dá voz a seu pensamento. Procura se acalmar, encarar tais formalidades como parte indissociável da circunstância na qual se encontra.

Agora Murilo Marques beberica o café junto da persiana de alumínio. Afasta duas lâminas com dedos em forma de tesoura. Estão no sexto pavimento.

O cenário lá embaixo não é acolhedor. Moradias irregulares e caóticas desenham a intrincada geografia do local.

O cliente sorri, muda sua xícara de lugar.

– Na saída do aeroporto, ela disse que queria se separar de mim, que iria tomar metade dos meus bens, do meu patrimônio. E a cretina fez questão de deixar isso bem claro. Bem, depois de ouvir aquilo mudei a rota, guiei para a periferia, na direção das ruas mais escuras. Eu não tinha mais esperança de que ela voltasse atrás. Engraçado, mas ela nem percebeu a alteração do caminho usual tão compenetrada estava em me esculachar e prometer o achaque. Foram dois ou três socos na cabeça dela. Nada além disso. Dois eu acho. E ela já ficou semiconsciente. Aquilo me deu uma raiva brutal. Então, eu apliquei uma gravata com toda minha força e ela morreu.

Olha Arnaldo Sándor. Ocorre-lhe perguntar algo que julga fundamental para sua defesa. Contudo, o homem de cabelos grisalhos se antecipa:

— Tenho uma equipe realizando neste momento um levantamento minucioso acerca da possível existência de câmeras de segurança nos locais por onde o senhor trafegou no dia do passamento de sua esposa. Não queremos nenhuma testemunha eletrônica contra nós. Por favor, prossiga.

O empresário começa a ter certeza a respeito da escolha dos profissionais contratados. Tal providência não havia lhe ocorrido antes da reunião. (Esses dois aí, o aleijado e o bonitinho, são arrogantes demais pro meu gosto, mas o coroa sabe o que faz.) Suspira.

— Atirei ela para fora do carro, depois fiquei rodando mais um tempo sem saber o que fazer. Naturalmente nunca passei por uma situação como essa. Tive de improvisar. Essa história toda de carro batido, da suposta briga com os marginais, da carteira jogada no matagal...

Geraldo Delvecchio deposita sua prancheta sobre a mesa. Pressiona a testa com a ponta dos dedos até quase marcar a pele.

— Às vezes o improviso é bom — argumenta. — As pequenas imprecisões no depoimento também dão certa autenticidade à versão, o tumulto do momento, o estresse, o pânico diante da esposa morta, tudo conta.

— Versão, não. Fato — Arnaldo Sándor corrige seu colaborador. — E não vamos mais nos referir à suposta briga com os marginais. Vamos nos referir à briga com os marginais.

— Naturalmente — o cliente concorda.

— A sua descrição dos assassinos de sua esposa foi bem convincente — Murilo Marques elogia e aponta as cópias dos retratos falados sobre a mesa. — Apenas imaginação ou o senhor se baseou em alguém em particular?

— Dois ex-funcionários — sorri.

Geraldo Delvecchio apanha suas anotações e começa a procurar algo com velocidade. Detesta quando alguma coisa lhe escapa.

— Mais detalhes sobre os dois — pede sem muito tato, a caneta já a postos. — Vida pregressa, endereço, ocupação atual.

O empresário recosta-se na cadeira, braços cruzados. Volta a sorrir só com o canto direito da boca.

— Não são ninguém importante, uns merdas, uns imprestáveis.

— Correção — Arnaldo Sándor acha por bem fazer o alerta. — Agora esses dois nos são muito valiosos. São os principais suspeitos.

3.

A rua de terra segue em sua rotina.

Por ali transitam crianças, jovens, adultos, idosos, a grande maioria deles com aparência estropiada. Cães também. De todos os tamanhos, idades e raças. Os animais, estes sim, sem exceção, com manifesto aspecto de escangalho. O lixo se acumula dentro e fora de sacolas plásticas finas demais para fazer frente aos dentes dos cães e dos ratos. Valas estreitas imitam saneamento, borrifam no ar miasmas de variados graus de intensidade.

Raros os automóveis. Poucas motos. Algumas carroças.

A noite começa a penetrar pelas bocas escuras das vielas. Serpentes desorganizadas e sem nome que se estendem rumo às porções intestinais da comunidade.

Homens e garotos de expressão dura lembram seguranças de shopping ou de condomínios de luxo.

Inspecionam com olhar atento toda a movimentação no entorno.

Alguém queima sacos cheios de papel higiênico. A fumaça quase não se inclina. Sobe com vagar, ondulando de modo vago, despretensioso.

O atirador sorri por trás da luneta.

[Certos momentos exigem recordações. Aliviam tensões, acalmam o coração.]

Pela imagem ampliada e de linhas cruzadas vê um mundo prestes a ser modificado. Pela segunda vez.

[Por exemplo, o carrinho deslizando silencioso na direção das frutas no supermercado. Dificuldade na hora de encontrar, já que era a primeira vez ali. Minha primeira incursão naquele bairro. Optei pelo passeio ao invés de ceder à tentação de me comunicar com funcionários ou mesmo com clientes. Preferi assim. Nada de abrir a possibilidade de alguém se lembrar de mim.]

O alvo na mira nem sempre corresponde ao ponto de impacto.

Velocidade, distância, direção.

Cálculos essenciais para a desejada acuidade.

[Eu estava calmo, respirava o ar de modo pacífico, embora o ambiente não me agradasse. Confiava na teoria de meu pai: *Arte requer tempo*. Pouco movimento no começo da noite de sexta-feira. Mais de vinte corredores amplos, bem iluminados. Moças e rapazes metidos em seus uniformes vermelhos e brancos zanzando de patins sobre o piso claro. A convidativa superfície sem asperezas dava a eles expressão de superioridade, como se o resto dos mortais fosse composto de seres inferiores, imperfeitos, desprovidos da graça e da agilidade proporcionada pelo equipamento preso aos seus pés.]

O jovem de óculos escuros. Talvez 18 anos de idade. Não muito mais. Corpo atlético, quase 1,80 metro, cabeça raspada, roupas discretas. Sobre os olhos o que parece ser um Ray-Ban original. Por certo resultado de furto ou do desespero de algum consumidor.

Na mão, o revólver. Não na cintura, ou no bolso.

Na mão esquerda. Canhoto ele.

Está satisfeito com seu poder. Ninguém o encara ou o desafia.

[Matinais, sucos, dietéticos, jardinagem, ferramentas, discos, padaria, as placas se sucedendo e meu discreto sorriso intacto, invencível diante do incômodo da procura. Em circunstância diferente, eu já estaria irritado. Talvez porque aquilo me fazia recordar o pânico adquirido após tantas idas a supermercados com minha mãe. Ela praticamente me arrastava. Colocava-me no assento de grades do carrinho do supermercado, minhas pernas balançando frouxamente no ar frente a frente com ela, sentindo-lhe a respiração determinada, o hálito de hortelã misturado com cigarro, os olhos movediços, inquietos.]

Pousa a mão com suavidade sobre o corpo de aço da luneta.

Polegar e indicador procedem com finas regulagens. Os ajustes necessários para manter-se dentro do lema da sua categoria: Um disparo, um acerto.

[Ia colocando as coisas dentro até, invariavelmente, me estacionar em qualquer ponto, geralmente nas "estradas" como eu chamava os corredores mais largos que cortavam os outros, e dizia algo como *Já volto, meu querido*, e partia na busca de supostos produtos esquecidos ou então em locais congestionados demais para manobrar filho e carrinho. Lá ficava eu sentado, as pernas balançando. Mãos segurando no suporte. Esperando. Esperando. Morto de vergonha. À mercê dos olhares de compaixão e de mãos intrusas a aterrissarem na minha cabeça, ou ainda das velhas que se aproximavam muito consternadas com meu abandono e me perguntavam pela minha mãe e eu sempre a defendia: *Ela já volta*. Dizia também que eu não era mais criança, sabia me cuidar muito bem.]

Dakota T-76 Longbow.

Calibre .338 Lapua Magnum.

O fabricante estima a velocidade do projétil em 915 metros por segundo.

Alguns fatores a considerar: ação do vento (Pouco, de acordo com a coluna de fumaça gentilmente fornecida pelos nativos), pressão atmosférica (Não faço ideia), altitude (Praticamente ao nível do mar), temperatura (Uns 25°C?), distância (Entre 500 e 700 metros, não muito mais).

Conforme o fabricante, em condições perfeitas, o tiro com o rifle pode atingir um alvo a 1.600 metros.

[Às vezes eu não conseguia suportar e ficava sentado dentro do estúpido carrinho sem conseguir conter o choro. Em certa ocasião, uma das velhotas, solfejando *Barbaridade!*, ou *Onde é que já se viu?*, se preparava para chamar o gerente ou mesmo a polícia quando minha mãe apareceu e estabeleceu-se discussão não muito amistosa concluída já no terreno dos palavrões, *Meta-se com sua vida, sua velha filha da puta*, e coisas do tipo.]

O jovem do Ray-Ban escora-se no poste. Sobre a cabeça raspada dele, boa fonte de luz.

O atirador volta a sorrir.

O jovem do Ray-Ban — possivelmente original — fala ao telefone celular. Parece mais confortável agora, menos durão.

O atirador está confiante. Impõe-se o desafio: a cabeça. Por que não?

Pressiona o gatilho com gentileza.

[Depois de alguns minutos o salão amplo das frutas e verduras surgiu como oásis aos meus olhos. Pronto, agora era escolher a fruta. Havia de tudo capaz de ser imaginado, incluindo as exóticas, com preços exoticamente elevados. Melancia: grande demais. Maçãs: pequenas demais. Mamão: mole demais. Fiquei então com duas dúzias de melões amarelos. Coloquei-os no carrinho depois de rápida inspeção. Interessava-me mais a consistência, não o eventual sabor. Aquelas duas dúzias me inspiraram vigor.]

Diferentemente do outro, não voa após o impacto. O que voa é o Ray-Ban. Os óculos chegam ao chão depois do dono.

O jovem não voa, apenas desaba.

Fica estirado de costas.

O revólver sumido, talvez embaixo do corpo.

Então a perna esquerda ergue-se dois palmos. Por angustiantes e cômicos três segundos fica suspensa.

Aí também desaba.

Aquieta-se como o resto do corpo.

A vida abandona o jovem.

As balas cortam melhor o ar quente.

O atirador calcula que o tiro o atingiu no queixo ou na boca.

[A quantidade provocou olhar de admiração na funcionária, por certo antecipando a mão de obra de pesar um a um. Morena de rosto agudo e olhos verdes, lembro bem. Os cabelos alisados estavam presos sem muito esmero, mas, ainda assim, ela possuía beleza capaz de fazê-la trabalhar em outro ramo. As mãos delicadas, de unhas feitas e dois discretos anéis, manipulavam minhas aquisições com profissionalismo. Também possuía razoável carisma, mas esse menos aparente. Por certo obscurecido pelo salário reduzido e pela extensão da jornada de trabalho. Imaginei-a atrás do balcão de uma loja de perfumes, maquiada, de saia e blusa finas. Ficaria bem. Sim, ficaria.]

O atirador pensa em quais teriam sido as últimas palavras do jovem durante o trajeto da bala. Alguma besteira romântica ao celular? Teria recebido ordens de algum superior? Novo pedido de cliente impaciente?

Agrada-lhe imaginar o interlocutor ouvindo um *slash!* ou algo parecido, depois o ruído de queda, o silêncio e o *Alô? Alô, tá me escutando?*

Não.

Não há mais ninguém para ouvir.

Visualiza o cartucho dourado e afilado de 9,5 centímetros. A ponta aguçada.

Recarrega o rifle.

Observa.

Duas mulheres passam correndo, mãos nas cabeças a se proteger de possíveis novos tiros. Como se o gesto as tornasse imunes.

Um homem, mochila às costas, passa pelo morto sem se deter. Apenas o espia e segue seu caminho. Não altera o passo.

O atirador perscruta o perímetro.

Leva tempo.

Então a moto. Dois sujeitos sobre ela. Olham em todas as direções, muito compenetrados.

Diverte-se com a possibilidade de acertá-los em movimento.

Mas sabe não ter tamanha precisão. No futuro, quem sabe? Treinamento aproxima da perfeição, não é o que dizem?

O homem da frente leva uma escopeta a tiracolo. O de trás carrega a pistola escura na mão, uma camiseta enfiada na cabeça, só os olhos de fora. Param próximo ao falecido.

É o que basta para o atirador. Acaba de escolher seu novo alvo. Será o pseudocalifa de subúrbio.

[Ela me sorriu ali pelo quinto exemplar de minha estranha e improvável colheita. Dentes parelhos, brancos. Avaliou-me. *Tu não tem cara de quem é dono de mercadinho*, aventurou-se, a voz destoando em definitivo do mundo das fragrâncias. *Tenho cara de quê?*, não resisti à pequena arbitrariedade. Parou a pesagem. Mirou meus olhos: *Sei lá, mas tua cara e tua roupa não têm nada a ver com esse mundo de melões, não mesmo. Pode ser, mas quem sabe tem?*, sugeri simpático. Ela riu ao me ver puxando mais e mais melões. *Dieta*, esclareci.]

A .338 Lapua Magnum volta a sair do Dakota T-76 Longbow.

Veloz, o mínimo ruído.

Luneta e supressor com abafador noturno de chamas muito bem calibrados.

— Três a zero — o atirador proclama.

4.

Murilo Marques, estatura mediana, compleição atlética, traços angulosos, estaciona ao lado da Chevrolet Captiva branca.

O apartamento da noiva possui três vagas na garagem e ele faz questão de parar seu Golf exatamente entre os dois espaços extras. (Não quero nenhum vizinho espertinho tendo ideias, vindo com aquele papo furado de *É bem rapidinho* ou *É só por essa noite.*)

[O cachorro? Ah, o cachorro. Outra história com o dom de acalmar o coração. Bom, o cachorro era, sem dúvida, a pessoa mais importante da casa. Sim, pessoa. Ele tinha acesso total a todos os cômodos da casa. Na comparação comigo, achava-se, por direito ou afeição, mais dono da propriedade. Sob seu olhar e sob suas determinações contava com três humanos de estimação. Na verdade dois. Minha mãe e meu padrasto. Eu funcionava mais como o animal de estimação menos popular dentre os seus animais de estimação.]

Deposita o caule da rosa vermelha por dentro do trinco da porta da motorista. Prefere não deixar bilhete nenhum. No seu entender, a rosa já diz o suficiente. Palavras sobre um pedaço de papel poderiam macular o gesto, torná-lo previsível.

[Coringa. Chamavam-no de Coringa. Pelas minhas lembranças não tinha nada a ver com o personagem dos quadrinhos. Conforme minha mãe, o nome devia-se à semelhança entre o bicho e a carta mais desejada de seu baralho seboso e viciado.]

Francisca Sándor, mulher alta, 28 anos, cabelos castanhos, olhos lacustres, o recebe com alegria no seu vestido vermelho curto e decotado. Os sapatos de salto alto deixam suas pernas ainda mais vigorosas.

Ele não diz nada.

Avança e a beija. Ela beija bem, tem lábios mornos, língua macia.

Murilo elogia seu penteado, seu vestido, seus sapatos, suas joias, seu perfume, chama-a de linda.

Ela o puxa pela gravata até a escada que conduz à cobertura.

[Coringa tinha hábitos detestáveis. Esfregava o focinho preto nas pessoas. Fazia-o de maneira intensa a ponto de deixar pernas e mãos cobertas do seu muco odioso. Outro de seus hábitos era o de deitar-se onde bem entendesse. No sofá da sala, nas camas, enrodilhado nas cadeiras, tapetes, no corredor, ou seja, onde achasse confortável. Seu pelo ralo, branco e preto, misturava-se com o ar, com a atmosfera da própria casa.]

Na cobertura suntuosa, mais próxima do clássico do que do moderno, há John Coltrane nos alto-falantes embutidos do teto rebaixado de gesso. *Say it (over and over again).*

Por entre o excesso idealizado pelo decorador há velas acesas e aroma de cardamomo misturado com essência de almíscar flutuando no ar. Mesa arranjada com esmero: saladas e postas de truta.

— O que estamos comemorando mesmo? — ele a questiona, mãos dadas.

— Uma porção de dias juntos — ela informa mordiscando-lhe a orelha. — E um casamento ou já esqueceu?

(Ela me beija com o coração. Beija bem demais.)

[Mas talvez o hábito mais detestável de Coringa dizia respeito às suas fezes. Por algum motivo obscuro, Coringa só cagava dentro de casa e não necessariamente no banheiro ou, pelo menos, na área de serviço. Não. Depositava seus quibes malcheirosos por todos os cantos.]

Murilo a abraça. Elogia o jantar.

– Mas tu ainda não provou – ela protesta.

Ele a conduz em dança improvisada. Colados, lentos.

[*Coringa, seu safadinho*, minha mãe resmungava sem demonstrar o menor sinal de rancor. Por outro lado, o tom empregado na sua humilde reprimenda beirava o carinho, o mimo. Coringa, seu safadinho. Se eu estivesse por perto: *Vai, filho, limpa isso aí, ajuda a tua mãe, ando tão cansada.*]

Francisca pergunta se ele a ama.

– Claro – ele responde.

– Então diz.

– Eu te amo, Francisca. Te amo.

(Engraçado como os olhos dela ficam mais castanhos, quase verdes quando ouve isso.)

— E tu, Francisca? Quer mesmo casar comigo? Pensa bem, é pra vida toda.

— Quero muito.

[Quando comecei a encontrar pelos sobre meus livros e cadernos deixados invariavelmente em cima da minha mesa de estudo passei a fechar a porta. Não me importava nem mesmo com os eventuais pelos dentro da comida. Juro. Apenas os afastava para a borda do prato e seguia comendo.]

You don't know what love is.

— Amor é uma palavra que devia ser sempre escrita com maiúscula.

— Ouvindo essa música? Com esse cenário? Com essa companhia? Eu concordo.

— Cínico. Não podia ter concordado logo de cara?

[Certo dia, depois da aula, logo depois de eu ter imposto a sanção ao Coringa, encontrei a porta do meu quarto aberta. Havia claras marcas das unhas do animal junto da fechadura. Com exceção da porta da frente e a dos fundos, nenhuma outra porta possuía chave. Foi fácil deduzir como Coringa tinha se apoiado nas patas traseiras e começado a esmurrar e patinhar na madeira. Num desses movimentos por certo atingiu o trinco, abaixou-o, abrindo assim o caminho para sua vingança. O resultado de minha sanção foi cagada bem pior do que as usuais. Era líquida e pastosa. O fedor descomunal. Chamei minha mãe e ela soltou outros de seus *Coringa, seu safadinho*. Esperei por algo mais. *Bota a colcha na máquina, filho*. Só isso. Bota a colcha na máquina, filho? Simples assim? A merda líquida havia passado por camadas de tecido até atingir os lençóis e encostar no colchão. Resumindo, o cheiro não abandonou mais meu quarto. Tive de virar o colchão e passei a queimar incensos todos os dias dentro dos meus domínios, atividade da qual nunca me desfiz. Preciso confessar: nunca teve nada a ver com essas besteiras de equilíbrio de energias nem de levar pedidos e desejos a alegado plano superior.]

Too Young to go steady.

— Com fome? — ela o questiona, o queixo apoiado no seu peito.

— Faminto.

— Fica assim comigo. Só até...

— Amanhecer?

— Não. Até envelhecermos.

[Anos mais tarde, uma namorada, do tipo engajada, que se considerava budista, ficou muito impressionada com a quantidade e a variedade de incensos espalhados pelo meu apartamento. Embora conhecimento, desapego ao mundo material e inteligência não fossem o seu forte, ela era gostosa demais para saber a verdade. O episódio da cagada do cachorro na minha cama deixou clara a ordem da cadeia alimentar na casa. Eu aparecia como o peixe menor. Coringa, o maior.]

All or nothing at all.

— Como foi teu dia?

— Mais um dia no escritório — ele sorri. — Ainda vou escrever um livro. Talvez um romance policial.

— O sujeito aquele...

— Sim. Esteve lá.

– E?

– Inocente, claro.

– Claro.

[Fingi indiferença e conformidade nos dias seguintes ao fato. *Viu só, filho? O Coringa não gosta de portas fechadas, o pobrezinho. Tudo bem, mãe.* Meu teatro encobria o rancor mudo do qual não conseguia me livrar. Em pouco tempo, o rancor se enraizou de modo profundo no meu sangue. O rancor deixou sementes e as sementes encontraram solo fértil para a transformação. Assim não me surpreendi nem um pouco quando percebi o rancor transmutado na forma de ódio frio e discreto. Soube na hora: era preciso me vingar da vingança do cachorro.]

I wish I knew.

– Os jornais?

– Cobertos de razão.

– Às vezes tenho vontade de dizer pro papai...

– Não vai querer magoar o velho – ele a interrompe.

– É – conforma-se. – Tem razão.

— Pensa que mesmo esse assassino desgraçado tem direito à defesa.

— É como tu pensa, meu amor?

— É uma das maneiras de encarar o mundo.

[Coringa tinha porte respeitável para um vira-lata. Devia pesar uns vinte quilos, dentes afiados, caráter desconfiado e o óbvio desagrado com minha presença na casa. Tratei de elaborar um plano. Sem pressa. Aliás, me dei conta de que quanto mais demorasse, mais ele ficaria surpreso. Era o conselho do meu pai sendo posto em prática: *Arte requer tempo, homenzinho.*]

What's new.

— Será que existe um lugar...?

Ela não termina a pergunta, mas ele a compreende perfeitamente.

— Sim, existe — diz. — É aqui mesmo. E agora.

Estreita-a ainda mais nos seus braços.

[Esperei um sábado de baile. Eles foram beber e dançar no clube distante onde costumavam se divertir. Voltariam tarde, jamais antes das duas ou das três da madrugada. Nos dias anteriores, tratei de me aproximar de Coringa. Deixava-o esfregar o focinho gelado em mim, acariciava-lhe a cabeça, chamava-o pelo nome, limpava seu pote de comida, suas fezes, oferecia-lhe pedaços de bolacha, experimentava até mesmo chamar-lhe para ficarmos juntos, como se compartilhássemos de harmonia, mas isso raramente funcionava, tal era sua independência e meu grau de irrelevância.]

It's easy to remember.

– E como vão as coisas no mundo da moda? – ele pergunta, a mão acariciando-lhe a nuca.

– A coleção nova vai ser um arraso – ela fala com sorriso contido. – Estou convencida disso.

– O cronograma?

– Estou adiantada.

– Essa é a minha menina. Eu te amo.

[Usei o truque mais velho do mundo. Ergui seu pote de comida. Ele latiu com indignação. Saí da área de serviço. Chamei-o, *Vem, vem, Coringa, vem comer*. Mesmo desconfiado, o cachorro seguiu-me até a escada. Cinco degraus abaixo ficava a garagem. Outro latido ruidoso. *Pronto, pronto*, falei e deixei o pote junto do primeiro degrau. Ele enfiou o focinho na sua refeição: restos da nossa janta misturados com ração. Começou a comer sem se importar comigo. Na sua soberba ignorou-me. Fiquei próximo vigiando-o e observando o belo trabalho que eu havia feito na mangueira de borracha.]

Nancy (with the laughing face).

Murilo volta a beijá-la. De modo intenso.

Francisca tenta explicar algo sobre a comida.

– Agora é tarde – ele argumenta. – Queixe-se para o Coltrane.

E suas mãos vão abrindo o vestido.

[Coringa terminou sua refeição e passou por mim na sua autossuficiência. Surpreendi-o com movimento certeiro. E sabia, só teria uma oportunidade. No enfrentamento direto, corpo a corpo com ele, a desvantagem estaria toda comigo. Envolvi sua cabeça com a mangueira transformada em coleira improvisada, mas testada no dia anterior com o pneu velho usado na parede do fundo da garagem como defesa contra o para-choque do carro. Antes que ele pudesse perceber, latir ou mesmo me atacar, saltei da escada para o piso frio e manchado de óleo diesel. A força empregada foi suficiente, consegui suspendê-lo pelo pescoço. A mangueira passava por sobre o cano de cerâmica no teto da peça e descia até minhas mãos determinadas. Puxei firme, rezando para o laço aguentar. Coringa esperneou, ganiu fino seu choro de moribundo. Travei meus tênis na borda do primeiro degrau. Tratei de puxar ainda mais a mangueira e inclinar meu corpo. Fiquei em paralelo com o chão, minhas costas quase tocando o piso. Coringa lá em cima lutando pela vida. Aí o momento fundamental: decifrei o espanto nos olhos do maldito bicho. *Coringa, seu safadinho*, murmurei. Tenho certeza de que ele me escutou.]

5.

Final de expediente.

Nós das gravatas mais soltos, mulheres checando olhos e bocas antes de sair.

O escritório vai bem. Quase vinte anos no mercado.

Nome respeitado. Defesas com padrão de excelência. Especialmente envolvendo casos rumorosos e, aparentemente, sem defesa possível.

Pequenas fortunas entram, deixam todos felizes, deixam todos vestidos com apuro e muito bem motorizados.

O amplo escritório tem poucas paredes no seu vão central, o coração do Sándor & Associados. Ao fundo, uma extensa divisória preserva os escritórios, a copa, a sala de reuniões, os sanitários masculino e feminino.

A parte aberta do escritório é iluminada com majestade, embora as compridas janelas em fita do sexto pavimento proporcionem luz natural de sobra. O ar-condicionado funciona com perfeição.

Tudo ali contribui para o bom humor de seus ocupantes.

Os homens falam agora de esportes radicais.

Alguém sugere a prática do *bungee jump* como programa a ser avaliado:

– Subir no parapeito de uma ponte, de preferência bem alta, depois pular pro vazio e ficar balançando de cabeça pra baixo.

Outro sugere encher a cara depois da aventura.

Um terceiro sugere beberem antes do pêndulo.

Gargalhadas explodem.

[Esse pessoal não tem ideia do que é diversão. Sequer imaginam o que é esporte radical de verdade.]

Dentes sadios, hálitos refrescantes inundando o ambiente acarpetado coberto por móveis de fino design e aparelhagem futurista saída das mais recentes publicações de informática.

O futuro, aliás, é a verdadeira obsessão de Arnaldo Sándor, homem alto, corpulento, cabelos grisalhos, olhos de um azul pálido.

Passado cheira a mofo, gosta de dizer em tom de bazófia. *O presente*, continua ele, *é só essa in-*

cômoda formalidade. E o futuro é onde, de fato, estamos, gosta de concluir descerrando golpe rígido com a mão direita, os cinco dedos colados apontando para frente, um Bruce Lee anacrônico de terno e gravata, satisfeito por levar a sério o personagem que criou para si.

Murilo Marques observa o movimento do bairro pobre lá embaixo alheio às conversas dos colegas.

A porta de seu gabinete está aberta e, mesmo de costas, percebe a aproximação de Hortênsia Lenzi.

Volta-se.

Exibe seu sorriso contido.

Senta e se recosta na cadeira, os sapatos apoiados na gaveta, a mão balançando no ar seu simpático convite, *Venha, vamos entrando*.

Hortênsia Lenzi recém passou dos 30 anos de idade, cabelos negros naturalmente ondulados, boca sensual, olhos negros.

Ela encosta o quadril de curvas vistosas sob o vestido preto no tampo da mesa.

— Planos para o fim de semana?

— Alguns — ele responde, sustentando o sorriso. Aprendeu a técnica de sustentar sorrisos enquanto encobre os rastros deixados na face por outros pensamentos. Faz isso com precisão.

— Vai com os meninos? Praticar coisas de meninos?

— Não. Sou um animal terrestre.

— Gosta dos pés no chão, é isso?

— Exato. Vou ficar torcendo para que algum colega quebre o pescoço. Aí processamos a empresa responsável pela diversão e ganhamos outro caminhão de dinheiro.

Hortênsia não ri. Cruza os braços, balança a cabeça em discreta negativa. Ela adivinha quais são os planos dele.

— Francisca, Francisca, Francisca.

Ela inspira eloquente com o objetivo de empinar os seios aperfeiçoados por duas próteses de 325 ml.

— Exato. O que posso fazer? É minha noiva. Nós nos amamos, somos felizes, vamos nos casar em breve. Os fins de semana são sempre dela.

— Claro. Toda mulher precisa ter seu cachorrinho. Qual o teu apelido? Mumu? E ela? Ela tem apelido? Algo como Chica?

— Não — ele prefere ignorar o comentário.

— Chiquinha?

— Chamo de Francisca — e libera risinho gentil, propositalmente irritante. — Como a grife que ela criou. Francisca Sándor. Tu já deve ter visto os outdoors espalhados pela cidade. Aliás todos aqui no escritório confirmaram presença no desfile da nova coleção.

— Todo casal tem seus nomezinhos engraçados.

— Ah, sim eu também chamo Francisca de outras maneiras, mas seria inapropriado revelar.

Hortênsia Lenzi tem olhos de incêndio. Chamas negras anunciam calor e destruição. É mulher franca. Bonita.

Duas características que ele admira.

Ela se aproxima.

— Francisca — ela repete e brinca com o indicador sobre a borda preta do monitor de LCD. — Então ela continua criando aqueles vestidos horrorosos? Que tecido ela usa? Gorgurão? TNT?

Ele concorda com breve movimento da cabeça. De novo declina o convite para entrar na argumentação inócua.

— Francisca gosta de esportes radicais? — ela insiste.

— Não — Murilo responde. — Eu já sou um esporte bastante radical para ela — completa com risada sincera que brota ante a malícia da colega.

Hortênsia senta na borda da mesa com a nádega.

— Ela não parece mesmo do tipo. Mulheres simplórias estão por toda parte, não acha?

— É o que mais tem por aí.

— Mas existem as exceções.

Ela apanha a Montblanc Meisterstück Classique sobre a mesa.

Começa a manipulá-la com lentos malabarismos entre os dedos, o corpo em preto e ouro da caneta obedecendo aos movimentos como se estivesse imantado pela mão pequena.

— De tempos em tempos elas aparecem — Murilo Marques confirma.

— Mulheres sem medo de nada — acrescenta em voz muito baixa.

Hortênsia morde a ponta da caneta e o faz perceber sua língua movediça, brilhante.

— E quase sempre conseguem o que querem — ele brinca com os brios dela. Gosta de provocá-la.

— Quase sempre?

— Quase sempre.

— Não te culpo — ela se cansa, devolve-lhe a caneta, fica ereta de novo.

— Ótimo.

— Ter medo é a causa de tudo. O medo faz vocês todos saírem num domingo chuvoso para buscarem frango assado com polenta, enquanto a patroa fica em casa de pantufa e pijama velho assistindo tevê aberta.

Vira-se e sai. Deixa atrás de si o rastro de Diorissimo.

— Ai. Essa doeu.

Ele não tem tempo de elogiar os sapatos novos dela. Altos e finos. Perigosos como uma arma branca. Em todos os sentidos.

Geraldo Delvecchio, o rosto redondo denunciando seu sobrepeso, a calvície inevitável demonstrada pelas entradas profundas, desliza adentrando no escritório de Murilo.

A cabeça levemente voltada para o alto, olhos fechados, o nariz sugando ar com ruído. No colo sua prancheta e o jornal.

— Hmmm, jasmim, lírios... — ele recita.

— Mantenha tua cadeira longe dela, seu tarado.

Geraldo leva a ponta dos dedos à boca e dá um beijo estalado, as mãos abertas no ar como flores.

— As mulheres têm verdadeiro fetiche pelos cadeirantes — afirma. (Eu a foderia a noite inteira. Amarrada. Aposto como ela curte essas coisas.) — Olha pra mim, pilotando minha Freedom Lumina M com rodas aro vinte e quatro e chassis de duralumínio. Elas não conseguem evitar, cara. Quando eu digo duralumínio elas ficam molhadinhas.

— Claro. Eu vi como ela te adora.

— No universo dos futuros amantes, os jogos de sedução são praxe, meu amigo. Primeiro o jogo, depois a foda.

— Sei, sei. E esses jogos são praticados como? Com camisa de força?

— Rá, rá — aponta-lhe o indicador.

[Esse pessoal realmente não tem ideia do que é diversão. Ficam falando maravilhas de rafting, voo livre, mountain bike, escalada, mergulho, paintball, exploração de cavernas, rapel, parasail, trekking, arvorismo, paraquedismo. Tudo balela.]

Murilo Marques senta, apanha a Montblanc e a cheira discretamente. A fragrância ainda está ali. (Ela sempre retoca o perfume antes de sair.)

— Eu não ficaria muito perto da janela, meu amigo — Geraldo o adverte.

— A pobreza da vizinhança te aborrece?

— Evidente. Especialmente agora que os vagabundos começaram a se matar — joga-lhe o jornal já dobrado na página policial.

[Sou animal terrestre. Gosto de manter meus pés no chão e não amarrados em cordas presas numa ponte. Qual a chance de a corda arrebentar? Uma em dez milhões? Qual a chance do paraquedas não abrir? Não há risco potencial envolvido. Sequer satisfação verdadeira e duradoura.]

A notícia ocupa um oitavo da página. Sem foto. Fala em mais duas mortes. Possível acerto de contas entre traficantes. *Arma de grosso calibre, segundo informações preliminares do legista.*

— Estamos na linha das balas perdidas — Geraldo acha por bem explicar. — Devemos pedir vidros blindados ao velho.

Murilo sorri. Investiga o rosto do amigo e não constata traços de suspeição, ali só encontra feições planas, sem profundidade. Segundo o depoimento da mãe de uma das vítimas, seu filho *era pessoa das mais maravilhosas*. Mesmo diante das evidências, ela prossegue jurando que *ele nunca fez mal a ninguém, era um filho ordeiro, não tinha ligação com bandido.*

— Se alguém aqui for baleado, o doutor Sándor vai preferir processar o poder público. Interessante, aqui não fala nada sobre suspeitos.

— Quer defender os matadores? — o cadeirante pergunta.

— Não. Quero dar uma medalha para eles.

[Risco calculado não é risco. É estelionato de adrenalina. É tudo artificial, postiço, cheio de regras, luvas, capacetes, leis e normas de segurança. Então qual o propósito? Embora se achem preparados para fazer parte de toda essa besteira, tenho certeza: eles jamais estariam no nível a que cheguei.]

Murilo atira-lhe de volta o jornal. Pergunta se ele tem planos, se vai telefonar para a universitária.

— Evidente, meu caro amigo. O nome dela é Etyeny. Com dois ípsilons.

— Ah, sim, que conveniente. Dois ípsilons.

— Ela está fazendo Relações Públicas.

— Naturalmente.

— É sério. Quinto ou sexto semestre.

[Montanha é para qualquer um. O Himalaia, para poucos. Esse pessoal não conseguiria experimentar meu esporte radical. Ainda que se mostrassem aptos, é claro, nenhum deles jamais teria peito.]

6.

[As luzes noturnas da cidade me atraem. Sempre me atraíram. Nada é tão bonito quanto sobrevoar uma cidade à noite. A imensidão de luzinhas piscando, colocando cores de mentira no meio ambiente. Pode-se imaginar o verdadeiro oceano de vaga-lumes ou então uma incrível procissão em benefício de qualquer mártir do povo. É confortável saber que por baixo das luzes noturnas existe um emaranhando de vozes, desejos, ambições e violências. Do alto não parece real. Quer dizer, verdadeiramente real. Não tem cheiro nem voz. Olhando aquele mundo de cima, vejo o emaranhado como um bando de maus atores desorientados. A perspectiva é de que são apenas divertimento dos deuses ou joguete da natureza, como li em algum lugar.]

Hortênsia Lenzi, cabelos negros naturalmente ondulados, boca sensual, olhos negros de incêndio, tenta se confortar com a felicidade do pai.

Ela é a mais jovem na festinha do 66º aniversário de seu Rubão, homem alto, barriga orgulhosamente pronunciada, funcionário público aposentado. A mãe, dona Amância, também com 66, assistente social ainda na ativa, mulher vistosa de cabelos grisalhos, circulando pela garagem certificando-se de que todos estão com os copos e os pratos abastecidos.

Risadas, velhas e repetitivas histórias, comentários igualmente reincidentes a cada aniversário.

— Ainda bem que tu puxou à mãe. Quem diria que aquela pitoca ia virar esse mulherão. Quando é que vai nos apresentar o namorado?

Hortênsia sorri simpática. Aprendeu a fazer isso ainda no tempo da faculdade. No seu íntimo, sabe estar perdendo tempo ali. Mas, por outro lado, percebe como poderia estar em local bem parecido com a garagem de subúrbio. Um bar metido a chique na zona nobre, bebendo chope com amigas de ocasião, trocando olhares com sujeitos desesperados para impressioná-las com suas gravatas e seus chaveiros com logotipos alemães.

Conquanto tediosa, a celebração é pelo menos genuína e isso talvez explique o casamento duradouro e sólido dos pais. Não se lembra de vê-los brigando, ou mesmo de ouvir um levantar a voz contra o outro. Ele sempre bem-humorado, ela sempre emanando suave sensualidade.

Hortênsia aceita mais cerveja no copo alto onde se destaca o emblema de uma empresa de autopeças.

Ela brinda.

[De uma posição elevada tirei a ideia para meu esporte radical. Os carros lá embaixo, pequenos, inofensivos. As pessoas menores ainda, cobertas pelo cobertor amarelado das luzes noturnas. Alguém conseguiria acertar alvo tão diminuto? A pergunta surgiu assim, puf!, do nada. Bem, claro que nada vem do nada. Por certo a hipotética questão veio de camadas mais profundas da minha psique. Descaso da mãe, abuso do padrasto, desvio de personalidade, transtorno de conduta, sistema límbico. Nem pensar. Não comigo. Tudo besteira. Isso talvez se adequasse a um maníaco sem classe e sem propósito. Tanto faz. Mas o importante era a sugestão. Estava feita e em forma de convite. Pesquisei sobre a pergunta. E foi relativamente fácil chegar ao nome de Charles Whitman. Um estudante de 25 anos. Em agosto de 1966, em Austin, Texas, ele subiu no alto de uma torre de 27 andares no campus da Universidade do Texas e começou a disparar contra as pessoas lá embaixo. O rapaz boa-pinta tinha servido à Marinha, sabia o que estava fazendo. Ao fim de pouco mais de 90 minutos de tiroteio, ele conseguiu derrubar várias pessoas. Fala-se em 11 mortes por disparos a longa distância, três assassinatos no interior do prédio, 31 feridos, sem contar a mãe e a esposa, liquidadas anteriormente em suas respectivas residências. Charles Whitman foi abatido por policiais.]

Etyeny tem pernas quase musculosas em excesso. A pele é artificialmente dourada e provoca intenso contraste com as mínimas marcas do biquíni. Os cabelos são loiros, alisados, abundantes.

Ela tem 25 anos e não mente sobre sua idade. Circula nua com desenvoltura pelo apartamento, os pés pequenos de unhas pintadas. Preto, como as unhas das mãos. Geraldo Delvecchio, o rosto redondo denunciando seu sobrepeso, a calvície inevitável demonstrada pelas entradas profundas, está deitado de costas no sofá da sala. Nu também. As pernas fininhas unidas.

Ele pergunta se ela encontrou o Merlot. Ela responde que sim e volta da cozinha com a garrafa empinada sobre os lábios. O grande gole indicado nas bochechas infladas.

Etyeny se acomoda sobre as pernas dele. (Tudo morto por aqui.)

Inclina-se e o beija com certa violência, deixando o vinho fluir até a boca do homem bem barbeado. Fios da bebida se perdem e vão parar nas orelhas do advogado e no tecido, uma mistura de 55% algodão, 23% linho, 13% viscose e 9% poliéster.

Ela o chama de safado gostoso. Avisa que não sairá antes de desfrutar o segundo tempo.

Ele a chama de querelante gostosa. (Mais uns minutinhos e eu te mostro.)

Ela ergue o corpo e projeta-se frontalmente em um tranco não muito cuidadoso. Deixa a cabeça dele entre a fortaleza de suas coxas. Etyeny diz achar que ele ainda está com muita sede. Então derrama o vinho entre os seios. O líquido rubi-rubro desliza, vai se moldando a curvas e fendas. Com prazer ela observa a ânsia de Geraldo em sorver tudo ao alcance de sua boca, de sua língua.

[Trabalhar como advogado sempre me concedeu o benefício de vantagens inesperadas. Uma delas foi o de, na época inicial das chamadas vacas magras, ter entrado em contato com criaturas cheias de experiências no baixo mundo. Esta, preciso admitir, uma expressão carregada de preconceito, embora o politicamente correto me dê ânsia de vômito. Mas vá lá. Baixo mundo. Como se baixarias, golpes e assassinatos fossem privilégio das camadas menos favorecidas. O fato é que uma dessas criaturas, Toninho Ferrolho, tinha conexões interessantes antes de, recente e injustamente, ter ido parar na prisão depois de reincidir nos artigos 14, 15, 16, 17 e 18 do Estatuto do Desarmamento. Na referida ocasião, conversas informais com o citado indivíduo me possibilitaram a aquisição – mediante régia remuneração – dos equipamentos necessários para a prática do que se tornaria meu esporte predileto.]

Arnaldo Sándor, homem alto, corpulento, cabelos grisalhos, olhos de pálido azul, termina seu *somlói galuska* com *ahs* de satisfação e ruídos da colher no potinho metálico.

Fala de como gosta de jantares íntimos, caseiros, descontraídos, de como sente falta de sua esposa e de como ela se orgulharia dos dois a sua frente.

Murilo Marques beija a noiva, Francisca Sándor, a mulher de olhos lacustres. Ela se encolhe com certa emoção.

Arnaldo Sándor pergunta se já se decidiram sobre a lua de mel, Bariloche, Paris, Praga, Sydney, que escolham logo, ele está pagando. Quer saber quando vão encher aquela casa de filhos e ela alega ainda não ser casada com Murilo. O pai ri, dá um tapa na imensa mesa de cedro. Pergunta a seu associado onde diabos ele foi encontrar uma carola como aquela.

Murilo a abraça e atribui a culpa aos astros.

O homem grisalho serve-se de mais vinho e pede para ele nunca usar tal besteira no tribunal.

— A menos que dê certo — Murilo argumenta.

— A menos que dê certo — Arnaldo Sándor concorda.

[A aquisição do equipamento foi a etapa mais fácil, o que nunca deixou de me causar surpresa. O mais difícil foi, de fato, o treinamento prático. A base teórica eu já dominava. Em qualquer manual, revista ou site é possível se deparar com a famosa variação de 2,9 centímetros a cada 100 metros de distância percorrida pela bala, com a lei da gravidade sempre puxando a bala para baixo, com as comparações entre ponto de mira e ponto de impacto e coisas como essas. Negligenciar o treinamento é a chave do fracasso. Treinei tanto quanto pude, com ou sem ajuda. A princípio, a desculpa era o divertimento pelo divertimento, o desafio de atingir um alvo inanimado. Pratiquei sempre escoltado por cuidados. Infelizmente jamais pude treinar com a frequência necessária para o desenvolvimento de minhas habilidades e para o perfeito conhecimento da arma e de todas as situações que envolvem a circunstância de um tiro furtivo. Coloquemos desta maneira: atualmente o campo de batalha tem aperfeiçoado meu dom natural.]

7.

Após a tediosa reunião com o dono de um curtume responsável pela contaminação do rio próximo à sua fábrica, Murilo Marques, estatura mediana, compleição atlética, traços angulosos, fecha-se em sua sala na ânsia de garimpar notícias nas edições on-line dos jornais.

Não tem dificuldade em encontrar o que procura.

E agora a notícia aparece com destaque e fotografias. Torna-se manchete na editoria de polícia.

Guerra do tráfico mata menina de 8 anos.

A matéria descreve outro suposto confronto entre traficantes na Vila da Fumaça, *em um conflito que já havia deixado três mortos e que, no começo da noite passada, vitimou Katiúscia Ramires da Silva, de 8 anos de idade.* De acordo com a reportagem ela foi atingida no tórax *pelo que, preliminarmente, está sendo tratado como bala perdida.* O texto apresenta ainda a possibilidade de a menina ter sido atingida *pelo mesmo projétil* que *feriu gravemente* um dos supostos traficantes do hipotético ponto de venda de entorpecentes. O ferimento por projétil de arma de fogo provocou *extensa laceração nas câmaras cardíacas* e estima-se que a menina teve morte instantânea. *Os laudos definitivos sairão nos próximos dias.*

[Qual a melhor definição para acidente de trabalho? Seria fatalidade? Azar? Destino? Esses jornalistas me matam: *Supostos traficantes do hipotético ponto de venda de entorpecentes.* Talvez a culpa seja dos advogados e dos processos movidos contra redatores menos cuidadosos. No final das contas, tudo parece obra e culpa dos advogados.]

Murilo abre outra notícia sobre o mesmo acontecimento.

Considera de mau gosto e de um sensacionalismo despudorado a inclusão no corpo da notícia de duas fotos da menina. À esquerda, a reprodução de baixa qualidade do rosto da menina em uma festinha qualquer, mal se vê quem é. Magrinha, alegre, um dente faltando. À direita, o corpo da menina no chão, coberto pela lona escura. A lona parece ser feita de plástico.

As declarações da mãe da criança abatida no fogo cruzado são ainda mais apelativas.

Minha filha era estudiosa.

Ela sonhava em ser médica.

Por que Deus foi tirar ela de mim?

O que eu mais quero é que o responsável pague por esse crime absurdo. Não vai trazer minha menina de volta, mas pelo menos vai tirar esse monstro das ruas. Quero justiça.

[Monstro?]

O telefone em sua mesa chama com dois toques intermitentes indicando ligação interna. É a secretária. Murilo tem implicância com ela. Não sabe definir muito bem o motivo. Apenas a despreza. Não gosta da aparência, nem das roupas dela. Detesta sua voz e seu jeito de senhora respeitável, acima de qualquer suspeita, trabalhadora, honesta, mãe zelosa. Murilo sequer a deixa continuar. Avisa que não está para ninguém, não pode atender ligações.

[Uma bala. Dois acertos. Teria sido o tiro dos sonhos do *sniper* profissional não fosse a fatalidade.]

Procura informações sobre o traficante atingido.

Internado em estado grave.

A bala, *de grosso calibre, possivelmente 7,62mm*, entrou e saiu pela omoplata esquerda da vítima, *provocando grande dano interno.*

Murilo Marques imagina o projétil a grande velocidade arrebentando o ombro do alvo, saindo por trás em ângulo diferente do de entrada, a bala espirrando para cima até atingir o peito da inocente mais adiante.

Por outro lado, é possível que o projétil tenha se chocado contra algo metálico no chão da rua sempre tão cheia de lixo. Daí porque teria provocado o tétrico ricochete.

O site jornalístico dizia que *até o fechamento dessa edição* o suspeito encontrava-se em estado grave, respirando com o auxílio de aparelhos.

[Aparelhos pagos pelos contribuintes. A reportagem se esqueceu de dizer.]

O terceiro site de notícias não fornecia detalhes muito distantes dos dois primeiros.

Leu que o delegado encarregado do inquérito admitia *não ter pistas do ou dos responsáveis pelos disparos*, mas, segundo depoimento dele, a polícia ia levar a investigação *a fundo para dar uma resposta rápida e satisfatória à sociedade.*

[A gravata cinza de poliéster estampado sobre a camisa ocre (?) o deixa com cara de contraventor.]

Murilo leva a flecha branca do mouse até o xis vermelho no canto superior direito da tela widescreen de 20 polegadas e fecha o site.

Levanta, afasta duas lâminas das persianas de alumínio e observa o palco do mais recente tiroteio.

[Todos parecem mais cautelosos lá nas ruelas ou é impressão minha? Possivelmente descobriram como o fim pode chegar rápido e de modo tão esquisito. Nada de enfarto ou câncer ou velhice. Os comerciantes do ilícito em especial devem estar ainda mais cientes da própria finitude. Visto que a menina foi mero acidente de trabalho, eles se reconhecem como alvo prioritário. Não são estúpidos. Por certo passaram a compreender com perfeição a máxima: Vagabundo não se aposenta.]

Ele quase não escuta as leves batidas na porta.

(Se for aquela secretária de merda vou mandar ela a puta que a pariu.)

O trinco cromado é baixado com suavidade e olhos negros de incêndio espiam o interior da sala. Hortênsia Lenzi pede licença com gentileza.

Murilo senta e pede que ela faça o mesmo. Ela deixa a porta aberta.

– O que achou do nosso Klaus Barbie dos peixes? – ela o questiona.

– Um fodido. Em todos os sentidos.

Ela sorri, cruza as pernas.

– Sempre fui péssima em química – ela se queixa (menos quando o assunto somos nós). – Mas parece bem feio.

– O doutor Sándor pediu para tu assumir o caso, certo?

Hortênsia confirma.

– Uma mulher bonita. Isso é bom. – Murilo concorda com a decisão. – Um conselho? Cuida para não aparecer muito sexy nas entrevistas. Pode passar uma imagem errada.

Ela concorda:

— É, já é bem ruim ele ter matado doze toneladas de peixes com as porcarias que jogou no rio. Não vai pegar bem ele ser defendido por uma piranha.

Ele ri. (Ih, cara, vai dar merda, melhor dizer que está ocupado e despachar ela.) Depois acrescenta:

— Piranha não. Porque nem mesmo as piranhas teriam sobrevivido ao coquetel despejado por ele.

Ela também ri, os dentes brancos.

— Verdade. Doses cavalares e não tratadas de cromo e do tal sulfeto de hidrogênio, entre outras gostosuras. Já ouviu falar nessas coisas?

— Tanto quanto tu.

— Nunca fui boa em química. E vou ter de estudar essa merda de novo.

— Não perde tempo — Murilo atalha. — Prepara o *habeas corpus*, Hortênsia.

— Acha mesmo?

Confirma com os dois polegares erguidos, a boca é linha reta e comprimida, não combina com os ângulos do seu rosto. Hortênsia diz:

— Meu medo é que junto com essa merda toda venha à tona a morte súbita de um funcionário no curtume, há dois anos. Conforme as pesquisas preliminares o incidente teria sido causado por esse sulfeto de hidrogênio. O pessoal do meio ambiente já anda ventilando a história. Daqui a pouco aparece na imprensa.

— É, a imprensa é uma peste. E essa gentalha do meio ambiente adora carnaval. Bom, mas independentemente disso, eu te garanto, ele vai pegar trinta anos.

— Ui.

— Peixe morto, sabe como é. Fica todo mundo com pena. Meio ambiente é foda. O pessoal sabe como estes ambientalistas são radicais, mas aí resolve arriscar. Trinta anos. Pode escrever.

— E tem sempre algum juiz querendo aparecer, bancando o durão.

— O melhor é apostar em recurso para reduzir a pena e depois o *habeas corpus* no STF. Não tem jeito. Vai por mim.

— Além do teatro.

— Sempre — e Murilo começa a prédica: — Sou inocente. As outras empresas lançaram efluentes cloacais e tóxicos. A vazão do manancial estava baixa. Eu acredito em Deus e na justiça. Essa porra toda.

Hortênsia afaga os cabelos com os dedos em garfo. O gesto transmite fluidez e sedosidade. Ela o observa intrigada agora.

— Mal-humorado ou aconteceu alguma coisa no fim de semana?

Ele nega com mínimo movimento da cabeça.

— Aconteceu sim. Eu te conheço. Vai, estou louca para saber, Murilo. Faz de conta que estamos em um confessionário.

Ele reflete por breve instante. Imagina-a só de lingerie e de saltos altíssimos por trás da treliça.

— Um pequeno inconveniente, só isso.

— Doença venérea?

Murilo sorri.

— O casamento foi cancelado? — ela sorri e levanta.

Ele beija a aliança de noivado.

Ela coloca o indicador dentro da boca.

— *Bleg!*

— Digamos que foi apenas um imprevisto — (espero que sem consequências e agora, pelo amor de Deus, cara, manda ela embora antes que dê merda. Rápido.) — Ei, espera um minuto.

[Quais as chances de um inocente ser ferido ou morto? Em zonas de guerra, a linha de tiro é tênue e por vezes imprevisível.]

8.

Três dias após a morte da menina, os jornais dedicam pouco espaço à morte do traficante atingido na omoplata. *Ele não resistiu à gravidade do ferimento*. Era conhecido na comunidade como Zói de Vidro. A alcunha não é esclarecida na matéria.

[Quatro a zero, canalhas. Bem, talvez o mais adequado seja quatro a um. De qualquer maneira o saldo ainda é positivo, sobretudo se levarmos em conta a pouquíssima quantidade de munição utilizada.]

Na considerável lista de delitos da vítima são divulgados formação de quadrilha, associação para o tráfico, receptação, assalto à mão armada, agressões variadas, falsidade ideológica e estupro. Tudo isso em uma carreira iniciada *aos 10 anos, segundo fontes que preferiram não se identificar*. Conforme relatos colhidos junto a moradores, Zói de Vidro abandonou a escola quando começou a cheirar loló *(um preparado feito à base de benzina, clorofórmio, éter e álcool etílico)*. Em seguida teria se associado a traficantes do bairro na condição de olheiro *(meninos encarregados de vigiar a movimentação na boca e avisar aos superiores sobre eventual aproximação da polícia ou de inimigos através de* walkie-talkies *ou foguetes)*, depois passou a vapor *(quem comercializa a droga diretamente ao consumidor)* e, em seguida, passou ao posto de endolador *(quem embala a droga para a venda)*. Atualmente Zói de Vidro ocupava o cargo de soldado *(pessoa armada que faz a segurança da boca)*. As mesmas fontes indicavam Zói de Vidro como integrante respeitado e *em ascensão* dentro da facção.

[Esse não vai mais subir na hierarquia. Um futuro gerente a menos. Zói de Vidro. Deviam ter explicado o apelido. Será que usava óculos de grau? Zói de Vidro. Começou cedo, com 10 anos. Infância. Eu costumava desenhar quando meu pai viajava. *Capricha, homenzinho*, ele me pedia. Eu caprichava. Eu traçava a casa de telhado impreciso, árvores, nuvens, o sol com raios compridos, minha mãe e eu acenando ao pai-palitinho mais afastado carregando sempre sua valise preta. Ele fazia questão de levar consigo os desenhos. *É para eu não ter tanta saudade de ti, homenzinho*, me dizia.]

Durante o período posterior à morte da menina, a imprensa trata de jogar luzes sobre o acontecimento. Sob o pretexto de estar escutando a voz do povo nas ruas, repórteres pressionam o delegado responsável pelo caso. O homem pouco pode dizer além de declarações tradicionais como *Estamos mobilizados no sentido de desvendar os crimes* ou *Não pouparemos esforços para* blá-blá-blá. Debates sobre o assunto alternam-se em programas de rádio e de televisão. Personagens diferentes, discursos relativamente parecidos.

[Assisti a dois blocos de um desses debates. A moça gorducha, de óculos retangulares de hastes grossas, cabelos visivelmente sujos, chegou a culpar o imperialismo dos Estados Unidos como reflexo nocivo a todas as nações emergentes. Já um senhor de terno e cavanhaque, com cara e discurso de político veterano – no pior sentido –, afirmou que as instituições precisavam perder a soberba e se dedicarem a uma urgente análise crítica aprofundada. O representante da área da Segurança Pública, o major com jeito de quem só pensa nas futuras pescarias de sua aposentadoria próxima, falou em campanhas de conscientização e na valorização da vida. Uma psiquiatra com voz de fumante assinalou o perigo e a importância de não se coisificar os traficantes. *Se pensarmos neles como coisas e não como seres humanos*, explicou ela, *logo estaremos aplaudindo esse tipo de crime*. Curioso. Em momento algum foram citados os crimes cometidos direta e/ou indiretamente graças à ação dos atingidos pelo toque calibre .338 Lapua Magnum. Em alguns momentos quase senti pena dos vagabundos mortos. Pobres coitados, eram humildes, bons filhos, trabalhadores.]

O assunto perde força nos meios de comunicação, porém segue aceso nas conversas dentro do prédio Excelsior, uma caixa de sapatos de seis pisos, concreto, vidros, pastilhas azuis e sem o menor traço de criatividade arquitetônica. Falava-se na iminência de novo confronto entre os traficantes. Dentistas, psicólogos, secretárias, office boys, terapeutas de reiki, corretores, motoboys, carteiros, todos têm histórias para contar ou inventar, além de destacarem sempre a proximidade com a área de risco. *Todo mundo sabe que a Vila da Fumaça é ponto de venda*, resmunga alguém. *Ninguém faz nada porque os filhos dos poderosos vão lá pegar o bagulho*, lembra outro. *En-*

quanto não morrer um rico vai ficar tudo na mesma, contrapõe outrem.

[Meu pai trabalhava com medicamentos. Vendia-os por todo o estado, nos mais recônditos municípios. Nas poucas horas vagas dedicava-se de modo informal e como autodidata à pintura. Predominavam as técnicas úmidas, em especial as aquarelas em pequenas dimensões. Paisagens e prédios históricos, sobretudo. Aos meus olhos e até onde consigo me lembrar eram obras bonitas, distintas e de certa maturidade artística. Só muitos anos mais tarde compreendi a razão das telas diminutas: economia. O material apropriado custava caro. Na época, eu imaginava tratar-se de singela homenagem à minha infância.]

Em reunião informal com seus associados, o corpulento Arnaldo Sándor especula como os recentes e trágicos acontecimentos poderão refletir negativamente sobre o escritório. Alega ter medo de clientes em potencial desistindo da empresa dada sua localização, sem contar com o desprestígio que o endereço atual sugere e a clara desvalorização do bairro. *Hora de mudar*, confidencia. Hora de mudar. Homem prático e de ação, informa já estar de olho em uma casa em estilo neocolonial, com 500 m², pátio enorme para estacionamento dos associados nos fundos e estacionamento exclusivo destinado aos clientes na frente. *Dois pisos e em bairro chique*, afirma, e o azul de seus olhos se torna menos pálido diante da excitação.

[A felicidade de minha infância foi quebrada quando meu pai morreu. Eu tinha 12, quase 13 anos. Como esquecer? Meu pai estava voltando do interior. Parou no posto de gasolina para tomar café. Ele gostava de cafezinhos. Era uma de suas desculpas preferidas na arte de deflagrar um bate-papo descompromissado. Tomou, pagou a conta, puxou conversa com o dono do boteco, como sempre fazia com qualquer pessoa, e caiu morto entre as bombas de combustíveis. Coração. Minha tia mais idosa foi me buscar no colégio e, na mesma hora, soube: algo tinha acontecido com meu pai. Minha mãe estava histérica, o que me encheu de pavor. No enterro e no luto subsequente minha mãe já aparentava estar mais conformada. Ciente de sua importância para meu bem-estar tratou de engolir seu ódio e sua frustração. Como boa atriz aparentava aceitar conselhos e condolências. Quando ela me sorria eu sentia: íamos conseguir superar a adversidade imerecida. Todavia havia entre nós um silêncio de expectativa, como o tempo, o intervalo, entre a longa nota de piano ou de saxofone que se extingue furtiva para ser complementada pela próxima nota. Esse som instalou-se e não parou mais de repercutir na casa vazia de meu pai.]

José Antônio Tavares de Abreu, empresário, 52 anos, sorriso permanente no canto da boca de lábios finos, olhos pretos miúdos e opacos, aparece no escritório sem hora marcada, falando alto, constrangendo a secretária e os estagiários. É levado à sala de reuniões e lá, em tom imperativo, demanda que o escritório tome providências contra os jornais e contra o promotor. Quer processar todos, pedir indenizações milionárias por dano moral, abalo psicológico, e o que mais seja juridicamente possível. Pede rins e fígados de seus detratores em terrina de ouro. Na sua explosão deixa claro: está pagando pelo serviço do escritório e deixa escapar ainda seu desejo de disparar contra o promotor, na sua opinião, *um merdinha que só quer aparecer e merece chumbo.*

[Certa madrugada acordei com cheiro de fumaça. Aconteceu semanas depois do enterro do meu pai. *Mãe?* Chamei por ela e nada. Tive medo de que a casa estivesse em chamas. Corri até o quarto de casal. Nada. Comecei a procurar pela casa e fui encontrá-la nos fundos. Ela, braços cruzados sobre o roupão amarelinho, pés descalços na grama úmida, observava com fascínio a fogueira diante de seu corpo emagrecido pela dor da perda. *Mãe?* Ela não me ouviu. Cheguei perto e a toquei. Ela me envolveu com o braço. Olhei para cima. A cor das chamas movia seu rosto rígido dando-lhe expressões cambiantes, ora vagamente alegres, ora fúnebres, ora demoníacas. Mas era só o bailado das chamas. Olhei a fogueira e identifiquei as aquarelas e os nanquins de meu pai. A pilha de trabalhos e estudos crepitava obediente, aceitava com vigor as labaredas e o calor. *É só uma brincadeira com Deus*, ela disse. E ficamos ali até restarem apenas cinzas.]

No final da tarde, os dois toques intermitentes.

— Visita para o senhor — a secretária informa.

Murilo Marques, estatura mediana, compleição atlética, traços angulosos, os pés apoiados na gaveta aberta de sua mesa, afirma não estar esperando ninguém.

— Ele insiste, senhor.

— E ele tem nome? (sua vaca, insuportável).

A secretária anuncia Ronaldo Querubim, investigador da Polícia Civil.

9.

Sorri ao entrar.

Ele tem síndrome de Crouzon. Seus olhos são castanhos de órbitas rasas, a testa alta com leve protuberância é disfarçada pela franja. Tem ar jovial para seus 46 anos. Não é alto, mas tem porte ainda possante.

O aperto de mão é firme, poderoso.

Murilo Marques sente-se atraído de imediato pela figura. Apelida-o de Bola na Trave (mais um ou outro cromossomo defeituoso e esse cara ia parar no circo.)

Os dois se sentam, a mesa entre eles.

— Ronaldo Querubim, é isso? Como posso ajudá-lo?

— Ah, doutor Murilo, eu ando trabalhando nas redondezas.

O investigador olha em volta. Parece aprovar a decoração. Simples, funcional. Aparenta até ser despojada em excesso.

— Essa guerra entre os traficantes, o senhor sabe — acrescenta, pressentindo sua falta de clareza.

— Sim, aqui pertinho — Murilo aponta com o polegar na direção da janela atrás de si.

O advogado está confiante e quer demonstrar cooperação. Sem ansiedade para fazê-lo, nem falsidade ao se colocar à disposição. *Nem mesmo o maior dos inocentes se sente confortável na presença de um policial*, medita.

— O delegado não sai do meu cangote — o policial se queixa. Chega a massagear a nuca em mímica desnecessária.

Murilo sorri.

— Preciso mostrar serviço pro homem, o senhor deve compreender.

— Entendo. — Os traços angulosos se estreitam. — Aqui não é muito diferente.

— Ah, eu acredito no senhor. Todos esses casos envolvendo figurões, gente famosa, de posses, isso tudo deve ser bem estressante pro senhor.

— Sim, bastante. É verdade. (Quem é esse filho da puta?)

Ronaldo Querubim esfrega as mãos, apoia o tornozelo direito no joelho esquerdo. Quando encara não pisca nem se desvia dos olhos do interlocutor. Fala:

— Tenho quase vinte anos de profissão. Nem de longe sou dos mais experientes e inteligentes, mas também não se pode dizer que eu seja dos mais burros da minha DP.

O policial espera pela reação do outro. Nada.

O advogado permanece com as costas descansadas no encosto da sua poltrona, os braços relaxados sobre os apoios da cadeira. Recorda os ensinamentos da bíblia de Arnaldo Sándor, *O livro dos cinco anéis*. Nunca se deixe paralisar, ficar sem ação, mantenha o espírito tranquilo e alerta. Jamais deixe transparecer seu interior ao inimigo.

— Uma das coisas boas na minha profissão, além dos multimilionários vencimentos, é que eu sou pago pra mexer, revirar, furungar e remexer. O senhor faz a mesma coisa na vida dos seus clientes, doutor Murilo?

— Em certo sentido (e podia fazer isso contigo, seu cabeça de aberração).

— Ah, sim. Eu realmente gosto dessa parte do meu trabalho. Mas sempre que existe propósito definido, doutor Murilo. Senão seria apenas bisbilhotar.

— Existe uma sutil diferença. Tecnicamente falando.

O investigador mostra a janela atrás do advogado, o indicador curvado sugerindo as ruas lá fora.

— Andei descobrindo coisas interessantes ali embaixo.

— Coisas que não apareceram nos jornais, eu imagino — Murilo volta a sorrir, de alguma forma inexplicável começa a simpatizar ainda mais com o policial de aparência pouco usual. (Qual é o teu jogo, Bola na Trave?).

Ronaldo Querubim ri, bate com as palmas das mãos nas coxas, solta uma sequência de *Isso, Isso*. Aí tosse, o rosto ganha cor.

— Adoro conversar com gente inteligente, doutor Murilo.

O advogado cruza os braços e pede que ele não continue com aquele suspense, é para contar logo o que andou descobrindo.

— Tá bom. Vamos lá, doutor. Primeira coisa. Não houve tiroteio.

Murilo ergue as sobrancelhas. Parece genuinamente espantado.

— Opa. Não houve tiroteio — ele reforça interessado em sentir o paladar da informação.

— Isso nós fizemos questão de ocultar da imprensa — o policial diz. — Pra os urubus não ficarem nos enchendo o saco com teorias e suposições. O senhor sabe como essa gente é.

— Muito justo.

— Preparado? Segunda coisa. O legista, aquele lesma, finalmente nos passou um dado útil. As vítimas foram atingidas em ângulo de quase 45 graus. Significa de cima pra baixo, doutor Murilo. O senhor tá familiarizado com essas coisas, doutor Murilo? Ângulo de entrada de projétil, orla de contusão, orla equimótica, orla de enxugo, orifício de saída, bordos evertidos? É, eu sei, é só um palavreado que o pessoal da medicina usa pra ganhar seus ordenados. Não seria mais fácil se eles colocassem nos seus relatórios algo bem mais legível, do tipo: *O vagabundo levou um tiro e bateu as botas?*

Murilo ri, concorda com a cabeça.

— Terceira coisa — o policial prossegue. — Conseguimos recuperar a bala usada no mais recente dos crimes. Graças à menininha morta. Quando o projétil atingiu a pobrezinha no peito tinha menos propulsão. A velocidade foi amortecida pelo corpo desse finado vagabundo que entrou em óbito noite passada. A bala resultou bastante danificada, mas duas coisas ficaram bem claras. Número um: é de grosso calibre. Número dois: é usada em rifles de longo alcance.

— Uau. Quando isso tudo vazar, vai produzir manchetes bem explosivas.

Ronaldo Querubim inclina-se para frente. Avisa que tem mais.

— Quarta coisa que eu descobri. Calculando o ângulo de entrada das balas nos corpos daqueles vagabundos mortos e a distância que um rifle pode disparar com precisão cheguei... Adivinhe? Ao edifício Excelsior.

De novo Murilo Marques ergue as sobrancelhas. Já não consegue o mesmo efeito na sua fisionomia. Sente um calor sinistro se alastrar no interior de seu esôfago.

— E aqui preciso fazer um parêntese, doutor Murilo. Eu tô cagando pra esses traficantes mortos e peço vênia por usar expressão tão chula.

O deboche não comove Murilo Marques. Assim, o policial prossegue:

— Nunca fui muito bom em matemática, doutor Murilo, mas esse foi o cálculo mais fácil de ser feito.

— Matemática é uma ciência precisa, investigador. Porém, minha experiência como advogado diz que o crime nem sempre compartilha desse mesmo atributo, ou seja, não é uma ciência exata.

O policial volta a se recostar, sorri.

— Claro, claro. Por exemplo: os tiros podem ter sido disparados de um helicóptero sobrevoando o local. Ou o disparo foi efetuado do chão, longe do local dos crimes, a bala subiu, descreveu seu arco e desceu exatamente sobre os vagabundos — ele desenha o arco no ar com o dedo.

Os dois se observam silenciosos. Murilo espera que ele conclua. Sabe da importância de se manter impassível.

— A segunda hipótese é ridícula, concorda, doutor Murilo? A primeira nem tanto. Por isso tomei o cuidado de investigar o espaço aéreo nos dias dos crimes. — Faz nova pausa para perscrutar o homem em frente. Não consegue decifrar nada. Um pouco de precaução talvez. Com sinais vagos de apreensão. — Nenhuma aeronave de qualquer espécie sobrevoou o bairro — acrescenta.

Murilo ri com profissionalismo.

— Espera, deixa eu ver se entendi isso tudo. O senhor está dizendo que os tiros partiram desse prédio?

— Mais precisamente da face oeste deste prédio. Quinto ou sexto piso sendo ainda mais preciso. Eventualmente do telhado, mas isso me parece pouco provável. Já verifiquei as fechaduras da porta de ferro que dá acesso ao telhado. Não foram tocadas recentemente. O próprio ambiente do telhado também está imaculado. Poeira e fuligem tendem a imprimir pegadas e coisas do tipo. Tá tudo em ordem ali em cima. Então, ficamos com o lado oeste do edifício Excelsior. Quinto ou sexto piso.

Murilo levanta, recolhe a persiana de alumínio e passa a observar os casebres mais adiante. Nuvens encobrem o sol, mesmo assim a claridade cinzenta provoca desconforto. Ergue seu rifle imaginário, fecha o olho, contrai o indicador e faz *pow*!

Volta-se sorrindo. O investigador devolve o sorriso.

– Meu caro policial Querubim, o senhor obviamente não está aqui oficialmente.

– Por quê? O senhor precisa de um advogado?

Os dois riem.

– Tem um advogado danado de bom na sala ao lado. Ele pode se juntar a nós. Ele acompanhado do secretário de Segurança desta unidade da federação, se é que me entende.

O policial faz negativas com as mãos.

– Desnecessário, desnecessário, doutor Murilo. Tô aqui na condição de amigo. Uma visita absolutamente informal. – Embora se esforce, a voz do policial sobe de tom e vem decorada com fagulhas de rancor. – Até porque o secretário de Segurança do Estado não passa de um bundão que adora aparecer. Ele é um merda, não entende nada da pasta que comanda. Puxa-saco, lambedor de colhões alheios. Só quer saber de política.

Murilo gosta de vê-lo tentando se controlar. Provoca de novo:

— É como o mundo funciona, não é mesmo, investigador?

— Verdade, política. Mas minhas atribuições não têm nada a ver com esses escrotos. — Respira fundo. Tenta reassumir o equilíbrio. — Tô fazendo meu trabalho. Colho informações, faço meu levantamento e tiro minhas conclusões. E eu vou lhe garantir uma coisa. De coração. Eu detestaria tomar mais do seu precioso tempo.

Ronaldo Querubim se ergue de forma abrupta e estende a mão.

Surpreso, Murilo corresponde ao aperto firme.

O policial diz que foi um prazer conversar com ele, vira-se e, já na porta, se detém de modo estudadamente dramático.

— O senhor é um pouco mais novo do que eu, doutor Murilo. Talvez nunca tenha ouvido falar desse programa de tevê que eu adorava. Um seriado americano. Chamava-se *Columbo*. Deus, eu adorava. Já ouviu falar? O tal *Columbo* era tenente da divisão de homicídios da polícia de Los Angeles. Ele sempre pegava o culpado. Sempre. Ia comendo pelas beiradas até conseguir, sabe? Ele tinha um carro horroroso, usava uma capa horrorosa, tinha um cachorro horroroso e fumava um charuto horroroso. Mas o que eu mais gostava é quando ele se despedia do suspeito e chegava aqui onde eu estou, na porta, levantava o dedo e dizia: *Só mais uma coisinha.*

O sorriso do advogado está claramente avariado.

– Quinta coisa, doutor Murilo. Chequei as fitas das câmeras de vigilância deste prédio. Encontrei uma coisa engraçada lá. Justo nos dias e nos horários presumíveis dos disparos havia três pessoas trabalhando até mais tarde nas salas da face oeste do edifício Excelsior. A terapeuta de reiki do 506, o dentista do 205 e, e, e, consegue adivinhar? O senhor.

10.

Roda sem rumo definido.

Escolhe as avenidas iluminadas. Não tem pressa. A hora do pique já vai amainando, o trânsito flui mais livre.

Tem boa memória e repassa mentalmente a conversa com o policial. Procura visualizar cada palavra dita por ele. E então volta a rememorar o encontro.

A situação é bastante delicada. Não há como negar. Óbvio, sabe haver dezenas de argumentações possíveis ante a acusação não tão velada assim. Porém nada disso o intriga tanto. O que mexe com Murilo Marques é sua intuição. Algo não se encaixa naquele cenário. *Bola na Trave está escondendo alguma coisa*, avalia.

Murilo Marques está convencido da existência de uma sombra por trás da sombra.

[Certa vez atendi um sujeito sorridente. Do tipo comum, cinquenta e poucos anos, dentes ruins, pele curtida. Estava preso. Tinha matado as três crianças do vizinho. Fui objetivo, perguntei logo o motivo. Ele parecia encantado com as algemas, girava os pulsos, examinava o brilho do metal, o ruído que emitiam como se fosse a realização de seu sonho mais querido. *As crianças faziam muito barulho*, contou.]

Apanha o telefone celular e digita o número de Francisca.

– Oi, amor – ela o saúda, sempre carinhosa.

Conta que vai trabalhar até tarde.

– No caso do empresário assassino da esposa ou no caso do empresário assassino do meio ambiente?

Ele ri. Gosta do senso de humor dela.

– Pois é, tenho de pedir aumento para o patrão – ele diz. – Mas e aí? Como foi teu dia?

Francisca conta sem se deter em detalhes menos importantes. É outra característica que ele admira na noiva. A objetividade nos momentos precisos. Herança do pai. Ela sabe se adequar às situações, tem presença de espírito.

– Vou assistir qualquer porcaria na tevê. Tem comida, vinho e... sobremesa te esperando. Não come bobagem na rua.

Murilo ri.

[Heitor era o nome dele? Isso, Heitor. Trabalhava como pedreiro. Bairro humilde, de gente honesta. Na época um loteamento ainda afastado da praga das drogas. *As crianças que o senhor matou faziam muito barulho?*, indaguei. *Eu não conseguia descansar*, relatou. *Era eu deitar e elas começavam a brincar, gritar, correr, pular.* Um menino de 6, uma menina de 8 e a outra menina de10 anos. Embora eu soubesse os pormenores pedi: *O senhor me conte tudo. Dever profissional.* Certa noite ele convidou os três irmãos, *Vamos fazer uma brincadeira sensacional?*, e explicou: *Vai ser surpresa pros pais de vocês, eles vão adorar.* Tudo que precisavam era entrar sem fazer barulho no porta-malas de sua Belina e ficar debaixo da lona preta. Ele ia levá-los até uma festa. O lugar da festa era área remota distante dez minutos dali. Quando chegou no lugar, matou os três com golpes de facão. Depois levou os corpos até a obra onde estava trabalhando. Depositou os corpos no buraco da sapata da futura residência e em seguida preencheu a fundação com concreto.]

Roda por quase uma hora.

Estaciona em frente ao prédio baixo e elegante. Rua pouco iluminada.

Leva a mão ao meio das pernas. Sente a pulsão.

Desce e tranca o carro. Caminha na direção do portão entre as grades. Do bolso interno direito do paletó tira as duas chaves.

Abre caminho.

O zelador fica só até às 18 horas.

Pressiona o botão do elevador. A porta se abre de imediato. Entra. Aperta o número três.

Olha-se no espelho. Não encontra nada ali.

A porta do elevador volta a se abrir. Sai.

Sua presença é detectada pelo sensor e as luzes do corredor se acendem. Caminha alguns passos.

Usa a segunda chave. Entra.

Da cozinha, o gritinho abortado.

— Quer me matar de susto? — reclama Hortênsia Lenzi, cabelos negros naturalmente ondulados, olhos negros de incêndio, boca sensual.

[Os vizinhos das casas próximas estranharam a movimentação noturna na obra, não a ponto de desconfiarem de algo. Na manhã seguinte, o servente de pedreiro surpreendeu-se com a repentina concretagem, mas ficou quieto, sabia como o humor do chefe podia mudar repentinamente. Especialmente quando fazia algo errado ou quando inventava de pedir adiantamento. Mas, de um modo geral, quem trabalhava com Heitor não tinha queixas. Era só fazer tudo corretamente e não afrontá-lo. Heitor não fumava nem bebia. Drogas nem pensar. Tinha sido casado, mas, segundo ele, não deu certo. Declinou de me fornecer os motivos para o fracasso do matrimônio. Deixei passar. Naquele tipo de caso era preciso conhecer os pensamentos de todos, inclusive dos animais de estimação. Decidiu não repetir mais a experiência. Vivia sozinho. Casa pequena, de dois quartos, construída por ele mesmo. Figura tranquila, sem inimizades. Heitor foi um dos primeiros vizinhos a ajudar nas buscas pelas crianças desaparecidas.]

Murilo bate a porta e investe contra Hortênsia.

Ela reclama em voz baixa. Ele não dá importância, morde-lhe o pescoço, enfia a mão por baixo da blusa de ginástica. Resvalam no piso da cozinha. A briga dura até suas bocas se encontrarem.

A respiração dela acelera. Geme e procura freneticamente desafivelar o cinto dele. Murilo é mais eficiente. Apenas com a mão esquerda consegue abaixar até os joelhos dela o calçãozinho de corrida e a calcinha. Ela o ajuda e se livra da roupa, a camiseta puxada em golpe único, as costuras reclamando.

Ele a segura pelos braços com força. Ela para, mãos sobre o peito.

Murilo baixa as calças e senta no banquinho redondo de madeira ao lado da mesa de fórmica.

Ela pula sobre ele.

[Perguntei ao tranquilo e algemado Heitor se ele havia sentido algo diferente enquanto descia o facão sobre as três crianças. Ele esticou o beiço, disse-me um singelo *Não, doutor. E agora?*, perguntei. *Remorso? Culpa? Arrependimento?* Ele me olhou com timidez. *Não tenho dessas coisas não, doutor*. Na hora lembrei do Coringa. Claro, não gostei de ver minha mãe triste após o infortúnio com o cachorro. Mas sinceramente não acho que eu tenha agido de todo mal. Apenas não havia solução alternativa para o Coringa. Nem por isso eu poderia me comparar ao sociopata à minha frente.]

Na cama agora. Nus.

Hortênsia passa a ponta do lençol sobre o rosto, o pescoço, entre os seios.

— E então? — ela.

— Nada a declarar — ele.

[A impunidade de Heitor durou poucos dias. A polícia encontrou mínimos respingos de sangue na traseira da Belina, apesar dos esforços dele em limpá-la após transportar as crianças laceradas. Também foi encontrado um fio de sangue sob o banco traseiro. Ele se esquecera de lavar ali. Sutis contradições em seu depoimento e, ironicamente, em seu álibi, acabaram por incriminá-lo. Dissera ter ficado trabalhando até tarde, o que em parte era verdade. A polícia foi até a obra, investigou, apurou com vizinhos, depois conversou com o servente. O homem contou sobre a inesperada concretagem e *voilá*. Heitor confessou sem emoção. Não ocultou nenhum detalhe.]

— E se eu estivesse com meu namorado? Pensou nisso?

— Besteira. Tu nunca traz teus namorados para casa. Como eu sei? Porque tu nunca me pediu de volta a cópia da chave.

— Arrogante... Talvez eu peça.

— Não quer mais bancar a minha putinha?

Ela o soca no braço.

— Às vezes tenho vontade de te arranhar e de te morder todinho. Aposto como aquela tonta ia acreditar que tu foi vítima de assalto.

Murilo sorri e a traz junto de si.

— Deixa ela fora do quarto, por favor.

Hortênsia assente. Aninha-se. A coxa sobre as coxas dele. Os dedos brincam com o mamilo do colega de escritório.

[Na época eu estava com aquela minha namorada do tipo engajada, ela se achava budista, boa cidadã e fazia questão de manter seu sorriso sereno nos lábios. Acendi um incenso de limão e ela quis saber se eu realmente teria estômago para defender o pedreiro assassino. Ela era muito gostosa e mesmo assim comentei que o assassino tinha a mesma expressão sossegada dela. Foi divertido vê-la surtar.]

Hortênsia deseja reagir de modo diferente. Expulsá-lo, gritar, tornar públicos seus sentimentos e as atitudes dele. As mãos se crispam sobre o lençol. *Quer saber*, ela tenta se indignar, *vou botar a boca no trombone*. A vontade ferve no estômago. Abre a boca, uma enxurrada de palavras chamuscando a língua. Tenta de verdade. Contudo falta-lhe poder. Daqui a pouco, ela contemporiza. Atitudes bruscas não a seduzem.

Por angustiantes minutos, oscila entre extremos, enquanto absorve o cheiro do companheiro e o percebe dormitar. *Foda-se*, conclui. Então Hortênsia começa a beijar-lhe o peito, a barriga, o ventre e tudo o quanto sua boca encontra na exploração pelo território já conhecido e já tão visitado.

[Diante da confissão não havia muito a fazer. Optei pelo óbvio, mas o juiz foi peremptório ao rejeitar minha alegação de insanidade mental do acusado. Não engoliu minha argumentação de inimputabilidade decorrente de transtorno bipolar. O magistrado acabou acatando o pedido do Ministério Público. Homicídio doloso, motivo torpe, ocultação de cadáver, uma festa. Heitor, aquele homem sereno e de dentes ruins, dançou, se fodeu a valer. Depois de minha atuação inicial, ele achou por bem me substituir, mas o colega que assumiu a defesa não teve sorte. O réu foi julgado e condenado a 33 anos de reclusão em regime fechado por homicídio triplamente qualificado. Com direito a novo julgamento, meu colega não se saiu melhor: condenação mantida.]

Murilo Marques sai do banho. O corpo atlético ainda guarda gotas esparsas.

Veste-se e observa Hortênsia Lenzi ainda nua deitada sobre a cama. As costas das mãos sobre a testa. Seria imagem das mais sedutoras, não fosse a boca levemente torcida.

– Hmmm – ele diz. – Te conheço um pouquinho. Que foi? Não vai vir com alguma idiotice do tipo: Fica mais um *pouco*?

– Não, seu imbecil.

– Ótimo. Odeio drama.

Ele confere se não falta nada. Relógio, documentos, chaves. Joga a gravata em volta do pescoço. Cheira-a. Não quer vestígios do Diorissimo.

– Murilo – sua voz treme.

Ele para alarmado. Nunca a ouviu usar aquele tom (puta que o pariu, aí vem merda). Está coberto de razão.

– Eu estou grávida.

11.

O atirador decide tornar as coisas mais interessantes.

Tranca-se em sua sala pouco depois das 9 horas.

Posiciona-se. Imagina não ter muito tempo. A partir das 10 horas, as rotinas no escritório ganham corpo e torna-se praticamente impossível o isolamento sem motivo plenamente justificável.

Mesmo assim tenta ficar o mais confortável mediante a circunstância.

Senta na beira da cadeira. Volta o tronco um pouco à direita. Recolhe o cotovelo direito para abrigar a coronha do rifle contra o ombro. Apoia o abafador no suporte de alumínio do trilho da janela. Percebe equilíbrio satisfatório e empunhadura firme.

Chove. Venta também. Não muito forte. Mas ainda assim é vento, ou melhor, pesadelo.

Observa.

Usa de muita disciplina e paciência durante meia hora.

Até localizar o possível alvo.

O jeito de andar, de olhar constantemente a toda e qualquer movimentação. Calça jeans, jaqueta, boné. Nenhuma arma aparente. Mesmo assim considera a identificação positiva.

Ele está afastado da chamada zona de conforto do atirador, onde conseguiu suas vitórias anteriores. Está mais à direita, na entrada da ruela escura, sob a marquise do boteco identificável apenas pela placa descamada do guaraná Antarctica.

Calcula empiricamente a distância. Eleva o cano minimamente e engaja o alvo.

A ponta do dedo repousa sobre o gatilho.

Respira fundo. Entra em contato com seus batimentos cardíacos. Entre um tum e outro tum, dispara.

Nada acontece. O sujeito ainda está lá. Não demonstra ter ouvido ou visto o ponto de impacto.

Maldita chuva, o atirador pensa.

Ao começar a transpirar, congratula-se por ter ligado o *split*.

Outro tiro perdido. Por um breve instante pensa se o projétil não terá atingido alguém em um dos casebres.

Respira fundo e oblitera a divagação moral. Resolve que não. Não, *não* atingiu. Não, não interessa. Volta a se concentrar no seu trabalho.

Corrige a posição do cano.

Novo disparo.

Desta vez consegue ver água e barro borrifando a aproximadamente dois metros do alvo.

Lógico, o homem percebe. No entanto, segue paralisado olhando o ponto de impacto. Não sabe o que é, está desorientado. Ergue a cabeça e por precioso momento olha direto na direção do edifício Excelsior. Mesmo sem saber ao certo decide sair dali.

No primeiro passo de sua corrida rumo ao interior da viela é atingido na base da coluna e some sem vida na escuridão.

[Meu padrasto, aquele homem morno, entrou na família por minha causa. Não tenho dúvida. Após a morte do meu pai, ela decerto temia não conseguir nos sustentar com seu ordenado de responsável pelo setor financeiro de uma fabriqueta de uniformes profissionais. Exemplo de lugar sem graça operando sempre no vermelho. Ele era atuário. Solteirão. Conheceram-se no restaurante próximo da fábrica onde ela costumava almoçar. Logo ele começou a tentar fisgá-la. O de sempre: flores, telefonemas, convites, presentes. Aos poucos ela se deixou ceder. Forneceu-lhe a impressão de que estava sendo conquistada. O coitado acreditou no poder de suas delicadezas e de seu carisma. Os dois se casaram em cerimônia para poucos, em uma churrascaria entre o popular e o esnobe. Fomos morar na casa dele, maior, mais bonita. E foi dele a ideia de comprar um cachorro.]

Geraldo Delvecchio, o rosto redondo denunciando seu sobrepeso, onde duas profundas entradas antecipam sua calvície inevitável, aparece, xícara de café na mão.

— Tá com cara de quem fez merda — insinua.

Murilo Marques abre um processo qualquer sobre sua mesa. Suspira.

— Ou é cara de quem se deu bem ontem à noite?

— Cai fora.

O cadeirante dá um gole.

— Olha, é melhor não se acostumar. Depois do casamento, o sexo é a primeira coisa a desaparecer.

— Disse o especialista em contratos matrimoniais — Murilo acrescenta.

O outro sorri, empina levemente a cadeira de rodas e a balança para frente e para trás, a língua em movimentos elétricos saindo e voltando de dentro da boca.

— Especialista em relações afetivas. Isso sim ficaria mais apropriado.

Murilo ri com gosto. Admira o colega. A dois semestres de se formar, um acidente de carro substituiu suas pernas por aquelas rodas de aro 24 e chassis de duralumínio. Murilo foi o primeiro a chegar ao hospital. Acompanhou todo o processo de recuperação, ajudou com despesas. Os pais de Geraldo, vindo do interior, percebendo o empenho e o desprendimento de Murilo sentenciaram: *Nosso filho perdeu os movimentos das pernas, mas ganhou um irmão*. Murilo Marques desfrutou do papel, contabilizou a admiração em vários níveis.

— Falando nisso, como vão as coisas com, como é mesmo o nome da coitada?

— Etyeny. Com dois ípsilons, por favor.

— Isso, Etyeny. A estudante de Relações Públicas. Puta que o pariu. Ela não podia ter inventado um nome mais discreto? Precisava ser tão comercial?

— É o charme dela. Dois ípsilons, meu amigo. Tem a ver com essas idiotices de numerologia e marketing pessoal. — Geraldo infla a mão à frente do seu peito, rascunhando os seios de sua amiga íntima.

— É, de marketing pessoal ela entende. Ou seria marketing de atacado?

— Invejoso. Quando a Francisca te colocar a canga tu vai me implorar pelo telefone dela.

— Cara, tu tem colhões. Verdade seja dita.

— Olha, tem muita gente que desaprova, mas namorar garota de programa tem várias vantagens. Não tem surpresa, tá sempre disponível, é mais econômico, sai uma pechincha se comparado com... bom, tu sabe.

— Com uma mulher que não é prostituta?

— Sem ofensa, meu amigo, mas é muito mais prático, muito mais barato. E ainda posso trair a Etyeny quando eu quiser sem culpa.

— Nem se preocupar em ser traído — Murilo observa.

— Não é bárbaro?

[Ele sempre desconfiou de mim. Com certeza. Porém nunca alertou minha mãe, nem jamais insinuou algo para mim. Eu admirava isso no meu padrasto. Discrição. Ele devia ter conhecimento sobre o que causou o triste destino do Coringa, mas não se manifestou. Deve ter pensado: *Que diabos, o bicho tá morto mesmo, por que atormentar minha esposa com isso*? Bravo, senhor atuário. Bravo.]

Geraldo Delvecchio deposita a xícara vazia sobre a ponta da mesa de Murilo. Inspira repetidas vezes.

— Que foi?

— Não sei, parece um cheiro de... cheiro de... Sei lá.

Murilo inspira repetidas vezes e diz não sentir nada. Percebe a pintura descascada no suporte do trilho da janela. O cadeirante pergunta se o colega peidou. Murilo acha mais provável ser o hálito do visitante.

— Escuta, ouvi dizer que tu andou recebendo a visita de um policial.

— Aquela vaca, filha da puta.

O cadeirante abre os braços:

— Qualé? Ela é secretária. Alguém precisa espalhar as fofocas aqui dentro.

— Se a gente mudar mesmo de endereço, garanto, ela não vai junto — sua voz assumiu cores sombrias e revanchistas.

— Ei, calma, não atire no mensageiro. E aí? Qual era a bronca?

Murilo olha através da porta tentando inutilmente localizar a secretária. Afirma não ser nada, um antigo conhecido apenas.

[Mas não posso me queixar do meu padrasto. Ele cumpriu seu papel. Foi um homem bom e decente para minha mãe, a deixou feliz. Não tanto quanto ela era feliz com meu pai é bem verdade. A relação com meu falecido pai era mais intensa, divertida, completa. Mas do jeito que pôde ela conseguiu ser feliz ao lado do atuário. Sempre mantivemos respeitosa distância. Nada de afetos exagerados nem rancores duradouros. Logo após sair de casa, já formado e com meu primeiro emprego, minha mãe enfrentou um câncer de mama. A luta foi desigual e ela morreu poucos meses depois do diagnóstico. Tenho comigo a certeza de que a perda fez aflorar seu profundo desconsolo. A combinação com o câncer precipitou tudo. Meu relacionamento com meu padrasto esfriou gradualmente. Hoje existem apenas as cortesias formais de aniversários e dos Natais.]

Ao meio-dia, Murilo Marques deixa o escritório, vai se encontrar com Francisca. Na garagem do prédio, no subsolo, escorado no seu Golf está o investigador Ronaldo Querubim. Portador da síndrome de Crouzon, tem olhos castanhos de órbitas rasas, testa com leve protuberância disfarçada pela franja.

— Tem mais uma coisinha, doutor Murilo.

O advogado sorri, o cumprimenta com mão firme.

— Pois não, pode falar — opta pela objetividade.

— Eu tenho esse hábito, o senhor sabe, de dirigir à noite.

— Então somos dois — afirma com estudada alegria. — Acho que nós somos bem parecidos afinal de contas.

— Imagine, doutor Murilo. Eu sou um mero servidor público, o que é isso? Mas como eu lhe contava, eu tenho o hábito de dirigir à noite, principalmente quando tenho coisas pra pensar.

(Certo, Bola na Trave, vai logo ao ponto.)

— E ontem à noite, numa dessas grandes avenidas da cidade, acabei cruzando com o senhor.

— Jura?

— Buzinei, abanei, até chamei pelo seu nome. Doutor Murilo, doutor Murilo — encena com as mãos em volta da boca. O homem é baixo, mas tem porte possante.

— Desculpe, eu não o percebi.

Os dois sorriem.

— Como estávamos indo pro mesmo lado resolvi ir atrás do senhor, queria só dar um oi.

— Não me diga. Epa, mas espera. Se o senhor cruzou comigo, como podia estar indo para o mesmo lado? — o advogado ri.

O policial aponta e balança o indicador para o advogado em gesto facilmente traduzido como *Muito bem, o doutor me apanhou*. Apesar disso prossegue:

— Não seria educado da minha parte não lhe dar um oi.

— E o senhor também acabou, vejamos, deixe-me adivinhar, o senhor acabou em uma rua meio chique, meio escura, em frente a um prédio de poucos pisos metido a elegante? Acertei?

— Na mosca! Bela pontaria.

Murilo Marques bipa seu carro sem deixar de sorrir. Está tenso. Portas destravadas, piscar de lanternas.

— Doutor Murilo, eu não consigo dormir quando estou curioso.

O advogado abre a porta.

— Então, o senhor foi verificar quem mora lá, certo? — Acomoda-se atrás do volante. Agora tem pressa. Sente o suor marcar o tecido da camisa por baixo do terno.

— A cada dia que passa gosto mais de conversar com o senhor.

— Eu também — aciona o motor. — Eu também, investigador.

Está sendo sincero. Mesmo que seja deveras estranho de admitir.

Arranca.

12.

As emissoras de rádio silenciam sobre a quinta vítima atingida a longa distância por arma de grosso calibre.

[Terão perdido o interesse? Não é mais notícia? O fim de mais outro parasita se transformou em pura rotina?]

Murilo Marques, estatura mediana, compleição atlética, traços angulosos, acompanha outra enfadonha audiência. Sua cliente muito nervosa. Uma mulher de 60 anos, cabelos grisalhos e curtos, alinhada em terninho cinza e camisa branca. Antes de entrarem para o encontro com o juiz, precisou pegar-lhe na mão, dizer que ia ficar tudo bem, a amante do falecido marido não conseguiria botar a mão em um único centavo dela. *Nós do escritório botaremos a mão, com certeza*, divertiu-se em pensamento.

Como não teve tempo de procurar nos sites de notícias, nem nos jornais, imagina que talvez tenha, sim, saído alguma informação sobre seu quinto homem derrubado. Talvez.

Não está muito convencido. E isso o deixa mais seguro a respeito da existência da sombra por trás da sombra.

[Ordem do tráfico? Terão ameaçado a comunidade? Ninguém viu nada! Ninguém fala nada! Ninguém sabe de nada! Ou a polícia também está encobrindo o fato? Pacto com os traficantes? Ou é apenas artimanha para fazer o atirador se expor? Já li a respeito. Leituras saborosas. Na Segunda Guerra Mundial, vestiam uniforme em um manequim e o colocavam em posição relativamente aparente. Quando o *sniper* inimigo disparava e "abatia" o manequim, acabava por revelar sua própria posição.]

Almoça dois pastéis de presunto e queijo em lanchonete próxima do Tribunal. Por vezes se sente melhor naquele ambiente. Em especial se está sozinho. Restaurantes chiques ou metidos a chiques na companhia do pessoal do escritório tendem a virar reuniões informais de trabalho ou então só um amontoado de besteiras e velada competição: quem está melhor vestido, quem possui o melhor carro, os melhores contatos, fez as melhores viagens, usa o perfume mais caro.

Vasculha o jornal e descobre notinha interessante. Trata do caso sem mencionar o quinto assassinato. Porém, em poucas linhas, o texto divulga a identificação do calibre que acabou vitimando a menor: .338 Lapua Magnum. *Fabricante finlandês*, informa. Calibre usado *nas guerras do Afeganistão e do Iraque*.

[A menina realmente foi a variante não calculada. Todo o treinamento no sítio dos Sándor, quando Francisca estava em Paris, toda a confiança adquirida diante dos melões explodidos, tudo, tudo, comprometido por causa da criança no lugar errado, na hora errada.]

De volta ao edifício Excelsior surpreende-se por não encontrar o investigador Ronaldo Querubim na garagem, nem o aguardando em sua sala. Qual era mesmo o nome do seriado? Ah, sim, *Columbo*.

Ao invés disso, tão logo se acomoda, aparece Hortênsia Lenzi, cabelos negros naturalmente ondulados, olhos negros de incêndio, a boca sempre sensual. Traz consigo pilha de processos.

Ele sabe, a papelada é só um disfarce.

Ela entra sem fechar a porta.

Ele sabe, ela não pretende levantar suspeitas, a primeira cabeça a rolar seria a dela. Sabe o que ela veio fazer ali.

— Hoje de manhã mais um cliente se confundiu com a reprodução na sala de reuniões — Hortênsia comenta.

Aí o observa.

Murilo sente o princípio de irremediável ereção. Convida-a a largar a pilha de processos e sentar.

— Ele achou que era a pintura de um padre — ela explica. — Um padre fazendo o sinal da cruz.

— Definitivamente o Cézanne não foi claro.

— A vestimenta confunde. O chapeuzinho, a batina, o colarinho branco, a posição das mãos. O cliente não acreditou muito que era um advogado no tribunal, no meio de sua argumentação.

— Tanto faz. O fato é que todos vêm aqui atrás de absolvição — ele pondera.

Trocam sorrisos.

Ela dá rápida olhada por cima do próprio ombro e confidencia:

— Não precisa te preocupar com aquela situação. Eu vou resolver.

— Aborto é crime, advogada. Artigo 124. De um a três anos de detenção.

Murilo recorda do seu futuro sogro citando Miyamoto Musashi: *Em um combate individual confunda o oponente.*

— Cínico. Ainda não decidi o que vou fazer, aliás, eu nem devia ter te contado, foi um momento de fraqueza, de enlevo, sei lá. Nessas horas eu sempre quebro a cara.

Murilo diz que a compreende. Não está particularmente preocupado, apenas em estado de vigília. Pousa a mão sobre o volume em crescimento no interior da calça escura. Não demonstra o menor interesse em tornar menos ostensivo o gesto.

[Certa feita fui ao teatro. Eu queria comer a fulana em questão. Nome da peça, *Tartufo*. Simpatizei, parecia nome de palhaço ou de cachorro. Ela vomitou sua cultura geral no meu colo. *Texto do Molière, a maior porrada na burguesia parisiense da época*, contou. Achei uma bosta. Teatro é insuportável. Mas eu gravei a frase: *Conheço a arte de afastar os escrúpulos.* Não consegui comer a dona. Aquela merda toda me fez perder o tesão.]

– Reparou – Hortênsia baixa a voz – que em nenhum momento tu me perguntou se o filho é teu?

Ele está seguro, sabe muitas coisas. Lógico, só pode ser dele. Conhece-a o suficiente para saber como toma todas as precauções quando de suas remotas aventuras.

– Tu brincaria com assunto tão sério? – ele tenta parecer mais simpático. – Não acredito.

[Vidas abreviadas não significam, necessariamente, que seriam gloriosas. Este feto dentro dela, por exemplo. Será o novo Beethoven? E a menina de 8 anos, aquela baixa imponderável na Vila da Fumaça? Ela seria a nova Marie Curie? É provável apenas na cabeça de uma carola de porta de igreja. E outra: quem precisa de mais radioatividade ou outra sinfonia?]

Os dois toques do telefone. Ele pede licença e atende. A secretária começa a falar e ele a interrompe com certa truculência. Diz estar em reunião com a doutora Hortênsia. Não quer ser interrompido. Bate o telefone, resmunga contra a funcionária.

— O nome da mulher do Cézanne era Hortense — ela conta. — Outro dia perguntei para minha mãe por que ela tinha escolhido esse nome.

— Por causa da flor? — ele arrisca.

— Sim. A Hortense do Cézanne é sem graça, mulher muito branca, rosto severo, boquinha pequena. Mas olhos lindos. Azuis.

— Teus olhos são mais bonitos — ele afirma.

Hortênsia se ergue, o olhar líquido. Agradece o elogio. Antes de se retirar pergunta qual seria o nome apropriado para a criança e o observa com olhos predatórios.

[Mulheres. O ditado vulgar *Onde se ganha o pão não se come a carne* faz sentido. Especialmente quando se é noivo da filha do patrão. É administração difícil, desafiadora. Outro esporte danado de radical. É a segunda vez que desafio o ditado popular. A primeira vez ocorreu com uma cliente. Eu em início de carreira, bem antes de estar prestes a me tornar parte da família Sándor. Divórcio litigioso. Ela tinha 40 anos, loira, olhos verdes, dona de academia, corpão de fazer babar qualquer menina de 18. E os meninos, é claro. Entre eles, eu. Meu profissionalismo vacilou quando ela confessou, logo depois da audiência de tentativa de conciliação, que ficava muito excitada quando reencontrava o ex. E quando ela ficava nesse estado, precisava de sexo imediatamente. Bem, eu estava ali com o objetivo de servi-la. No fim das contas comi o pão e comi a carne.]

Às quatro da tarde, Murilo estaciona em frente da casa em estilo neocolonial com 500 m². O patrão/sogro combinara de mostrar as possíveis novas instalações do Sándor & Associados à filha e ao futuro genro.

Arnaldo Sándor o recebe com abraço considerável. O advogado sabe que se mudará para lá. Quando o chefe demonstra entusiasmo por alguma coisa, nada o detém. Sua fortaleza física reflete o vigor das disposições de espírito prestes a se manifestarem.

Francisca beija Murilo e segura na sua mão.

Os dois, pai e filha, começam a discorrer sobre as maravilhas da região, sobre as condições impecáveis da casa. Na sala principal, o corretor já os aguarda. Homenzinho franzino, moreno, paletó de segunda, o grande sorriso indicando a fúria com a qual calcula o valor da futura comissão.

Murilo de fato se encanta com o tamanho e as possibilidades oferecidas pela casa. Ele, porém, se ocupa em apontar e aumentar vários mínimos defeitos, diz que as aberturas são muito antigas e precisarão ser todas trocadas, bem como a fiação elétrica e toda a parte hidráulica. *É reforma cara e de seis meses ao menos*, diz.

Arnaldo Sándor concorda, leva a mão ao queixo, pensativo. No fundo percebe o jogo do genro para tentar depreciar o valor do imóvel. Estratégia velha e batida, mas muitas vezes efetiva. Aproveita e exige saber quando foi a última vez que a casa passou por uma reforma de verdade e não apenas uma tapeação de tinta branca na tentativa de encobrir mofo e rachaduras.

O corretor pede licença, se afasta e começa a ligar atrás das respostas.

Os três sorriem.

— Eu já posso ver os meus netos correndo e gritando por aqui — faz gesto amplo.

— Vai nos dar a casa de presente, papai? — Francisca o abraça, os olhos lacustres irradiam felicidade.

— Devagar, minha filha. Já estou deixando tu roubar a atenção de um dos meus melhores associados. Minha generosidade não é tão grande.

— Ei, achei que eu fosse *o* melhor dos seus associados — Murilo descontrai.

[Casa de dois pisos apenas. Neste bairro? Nada favorável. Adeus brinquedinho.]

De volta ao escritório, a secretária liga e lhe dá o recado:

— Um senhor Ferrolho o procurou o dia inteiro. Diz que é urgente e que o senhor sabe onde encontrá-lo.

13.

O parlatório é estreito e individual. Pé-direito alto. Ventilador branco no teto. Lajotas alaranjadas de cerâmica no piso. Elas sobem um metro nas paredes. Cadeira giratória preta de rodinhas. No canto, a caixa retangular serve como cinzeiro. A bancada é de cimento. Sobre ela um interfone branco. Em frente à bancada, a janela dividida em seis retângulos, com vidros e grades. Acima da janela, luminária de lâmpada fluorescente.

Murilo Marques, estatura mediana, compleição atlética, traços angulosos, senta e aguarda. Está sereno. Quando a secretária citou aquele nome do passado percebeu como a situação era grave. Em ocasiões circunspectas, prefere sempre a rapidez. Adiamentos podem intensificar ainda mais a dificuldade. A pressa também. Contudo opta por assumir o risco.

Analisando em retrospecto percebe como os últimos dias têm exigido seu total poder de concentração e de frieza. Desabar em momento difícil não poderia se tornar opção, nem mesmo enquanto mera hipótese. O advogado está sereno, pois sabe: precisa revidar para vencer. E aprendeu que em uma briga de socos é melhor ir armado.

Tira do bolso do paletó seu tubo de álcool gel e um lenço de papel. Com esmero efetua a higienização do aparelho. Em seguida amassa o lenço e o joga na caixa retangular.

[Mãe doméstica, pai auxiliar de limpeza. Fato por si só bastante irônico. Bairro da periferia. Escola estadual. Nas tardes livres, com os amiguinhos, passeios por certas áreas menos nobres da comunidade. Conversas com a malandragem, uns tapas na maconha, no cigarro, na cerveja. As notas despencando no colégio, as ausências nas aulas se multiplicando. Fã de filmes e jogos violentos, adora conhecer e manusear armas de verdade. Logo se enturma com gente da pesada. O primeiro delito mais sério: uma farmácia de bairro afastado. Ele e mais três companheiros. Máscaras de lã e tudo. Sua função era cobrir a porta, relatar alguma aproximação suspeita, o revólver calibre 38 nas mãos. *Um barato*, ele repetia.]

Chega o detento.

Chama-se Antônio Delacir dos Santos, vulgo Toninho Ferrolho. Magro, 34 anos, traços indiáticos, cabelos curtos cortados à máquina, olhos amendoados, boca em constante trejeito divertido.

— Não foi fácil — Murilo conta. — Ando muito ocupado.

— Pra mim também não foi fácil conseguir entrar em contato com o senhor.

— Não se pode subestimar a força de vontade de um fodido trancafiado na prisão.

Toninho Ferrolho ri. Faltam-lhe dois incisivos inferiores.

— Eu sabia que o senhor daria um jeito de me fazer essa visitinha.

— Eu sempre dou um jeito. É a minha profissão.

O detento volta a rir.

— É verdade, o senhor é um tremendo bota-fora, me salvou o rabo várias vezes, não dá pra negar. Mas depois o senhor ficou importante, do tipo figurão, de terno bonito, né?

— Isso mesmo. Parei de atender os fodidos, embora eu ainda conserve muitos contatos interessantes aqui no teu palacete. Aliás, tu tá com uma cor horrível. Meio verde. Melhor pegar sol. Ou é muito perigoso?

Toninho Ferrolho não ri dessa vez, a boca se contrai.

— Se o senhor tivesse continuado sendo meu amigo, quem sabe eu não estaria livre hoje?

— Nunca fomos amigos. Eu nunca seria amigo de um cara como tu. E outra, pela quantidade de merda que tu já fez, dificilmente minha habilidade ia te livrar desse lugar. — Começa a enumerar com o auxílio dos dedos. — Porte ilegal de arma de fogo de uso permitido, disparo de arma de fogo, posse e porte ilegal de arma de fogo de uso restrito ou proibido, comercialização ilegal de arma de fogo e tráfico internacional de arma de fogo.

— Conheço os artigos, doutor. Tudo mentira, sou inocente. Mas aqueles foram bons tempos, né, doutor?

— Não pra mim. Atender gentalha sempre me encheu de nojo.

O outro pigarreia tentando manter-se controlado. As provocações do advogado o mantêm acuado. Irrita-se consigo mesmo por tal reação. Ele é quem deveria estar dando as cartas.

— Mas quando o senhor precisou de mim, eu servi, lembra? — tenta contragolpear.

— Fizemos negócio. Uma vez. Só isso.

Toninho Ferrolho volta a sorrir. Olha as unhas da mão esquerda. Estão curtas e limpas.

Quer criar expectativa mesmo não tendo habilidade em tal jogo.

[O irmão mais velho seguiu na escola e, a certa altura, cansou de caçá-lo nos becos escuros e levá-lo para casa. Certa ocasião levou socos de marginais ao tentar conduzir o irmão. As broncas e as surras do pai não o intimidaram. Pior, o fortaleciam na sua convicção de se afastar da *vidinha de faz de conta*, como pronunciava. Na vez em que foi apanhado pela polícia, conduzindo um carro furtado, os pés mal alcançando os pedais, disse ser inocente, *Pelamordedeus, eu tava só levando meu melhor amigo pro pronto-socorro, ele tá todo machucado*. Ao ser indagado sobre o enfermo, ele riu. Falou: *Se assustou e fugiu*. A mãe chegou na delegacia aos prantos, o pai teve de ser contido para não espancá-lo diante dos policiais. Foi enviado à antiga Febem. Alguns dias lá e, em seguida, foi encaminhado a um abrigo, de onde fugiu. Colecionou autos de apreensão e medidas socioeducativas. Sua característica era se manter calado e jamais falar sobre os companheiros.]

— O senhor sabe por que eu tenho esse apelido? — indaga, desviando-se de propósito do tema que os reúne.

— Ferrolho?

— Porque eu sei guardar segredo, doutor.

É a vez de Murilo Marques rir.

— Mas, dependendo da situação, esse ferrolho amolece, certo? (seu cretino filho da puta).

O homem coça os cabelos rentes, de fios grossos.

— O senhor mesmo disse, sou um fodido. Pois é. Agora eu quero foder um pouquinho com o senhor.

— Assim? Sem nem me pagar a jantinha?

Não percebe o gracejo. Está concentrado nas suas próximas palavras. Ensaiou bastante. Está confiante.

— De vez em quando a gente lê jornais, doutor, assiste o noticiário. Fiquei sabendo duma arma gringa que foi usada num tiroteio por aí.

— Tu trouxe ela, lembra? Me custou aquela pequena fortuna.

A admissão torna a desconcertar Toninho Ferrolho. Ele busca manter a postura de quem dá as ordens.

— Claro, eu lembro sim, doutor. Como é mesmo o nome? Dakota...

— T-76 Longbow. Saiu até foto dela no jornal.

— E é boa mesmo?

— É maravilhosa. Tenho me divertido bastante.

— Fico feliz. Eu nunca trouxe artigo de segunda linha. Mas sabe o que ia me deixar mais feliz ainda, doutor?

Murilo troca o aparelho de ouvido. Já está farto da conversa. Durou demais.

— Se tornar o legítimo 158?

Toninho Ferrolho faz sinal positivo pelo vidro. Comenta que extorsão é novidade, mas está gostando.

— Sei quase de cabeça o artigo, doutor. Diz assim: Constranger alguém, por violência ou por ameaça grave, pra conseguir pra si mesmo ou pra outra pessoa uma vantagem econômica indevida. É por aí, doutor?

— De modo bem primitivo, sim. Decorou também a pena? De quatro a dez anos de reclusão?

— Como o senhor mesmo disse, sou um fodido. O que posso fazer?

— Desembucha.

O detento pede liberdade, mesmo sendo apenas a provisória, o advogado que entrasse com algum recurso, inventasse qualquer coisa, e, claro, providenciasse em regime de urgência o simbólico abono de 50 mil reais. Para recomeçar. Vida nova, acha por bem esclarecer.

— Dinheiro não é problema — Murilo comenta em tom profissional. — E eu com certeza posso fazer o teu caso entrar na progressão de regime prisional. Tem te comportado bem? Acho que consigo te colocar no semiaberto ligeirinho. Em uma colônia agrícola. Tu vai gostar. O contato com a natureza vai te fazer bem. Tu vai perder esse tom esverdeado na pele.

[Abandonou a família sob os protestos da mãe, a alegria do pai e a indiferença do irmão. Fora do ambiente de faz de conta ingressou de vez no mundo real que tanto o fascinava. Com parceiros traficantes logo descobriu o mercado em ascensão: o comércio ilegal de armas. Primeiro, operações pequenas. Vendas avulsas para playboys querendo impressionar colegas ou garotas, ou para marginais novatos. Estabeleceu também o aluguel de armas, beneficiando os infelizes sem dinheiro suficiente para adquiri-las e que precisavam realizar serviços rápidos como assaltar postos de combustíveis ou acertar as contas com o vizinho. Depois progrediu e passou a fazer visitas a fornecedores no Uruguai, Argentina, Bolívia e Paraguai. Longas distâncias percorridas de carro e com discrição. Trazia de tudo, pistolas, revólveres, espingardas, carabinas, rifles, metralhadoras, além, é óbvio, da munição correspondente. Chegou mesmo a negociar com militares e policiais. Sempre teve mais sorte do que inteligência. Mas a sorte jamais dura *ad aeternum*.]

14.

O sedã Classe C estaciona no pátio da Delegacia de Polícia. O Mercedes-Benz prata e extremamente limpo chama a atenção. Dois homens descem do automóvel.

Arnaldo Sándor, alto, corpulento, cabelos grisalhos, olhos de um azul pálido, está acompanhado de Murilo Marques, estatura mediana, compleição atlética, traços angulosos.

O dia é cinzento. Em intervalos o céu se ilumina com vestígios do sol.

Eles entram no prédio e se identificam.

Estão à procura do delegado Acelino Leite.

Sem esperarem um único minuto, são conduzidos à sala do delegado. Estavam sendo aguardados e não haviam marcado o encontro anteriormente. O homem tem quase 60 anos, estrutura possante, cabelos negros e ralos, tez bronzeada, expressão tensa.

Murilo percebe: ele usa o mesmo terno da foto publicada no site de notícias dias atrás. A gravata cinza de poliéster estampado sobre a camisa ocre (sim agora tem certeza, ocre). O paletó preto. Assim, de perto se parece ainda mais com um contraventor ou com um ministro de igreja, o advogado conclui.

Ele os cumprimenta com um aperto de mão seguido de tapinha no ombro. Pede que sentem, fiquem à vontade. Pergunta se querem água ou café.

Arnaldo Sándor ignora a oferta. Explica o motivo da visita de forma muito sucinta e clara. Está preocupado com frequentes idas e as perguntas formuladas pelo investigador Ronaldo Querubim ao pessoal do escritório.

O delegado Leite o tranquiliza, diz ser apenas rotina, várias pessoas na região têm sido contatadas. Argumenta que, muitas vezes, dessas conversas informais surgem detalhes capazes de se tornar elementos úteis na investigação.

– Investigação do quê? – Arnaldo Sándor se impacienta. – Dessa guerra entre marginais pusilânimes?

– Precisamente, doutor Sándor – o delegado responde com humildade. As primeiras gotas de suor começam a porejar na testa.

– E que porra a minha equipe tem a ver com isso?

O policial se sobressalta com o grito de Arnaldo Sándor. Abre a boca para tentar amenizar a situação, mas é cortado:

— São um bando de traficantes escrotos — Murilo Marques percebe a defensiva do delegado e avança. — Deviam estar presos. Se estão se matando, melhor, quem ganha é a sociedade — a voz sai raivosa. — O senhor inclusive devia estar comemorando. Ou vai nos dizer que tem algum tipo de preocupação ou pena de marginais?

— Não, não. Não é isso. Vejam, eu compreendo... — o delegado olha-os alternadamente, não encontra empatia onde ancorar, aí passa a investigar os papéis sobre a mesa. Está acuado.

— Nós pagamos impostos altíssimos — o homem grisalho retoma a palavra. — Somos advogados, pelo amor de Deus, de uma firma respeitável. Com mais de vinte anos nesta cidade. Como é que a gente pode trabalhar sossegado se esse investigadorzinho de merda com cara de retardado vive importunando meus funcionários e meus associados?

— Eu mesmo já fui abordado duas vezes pelo sujeito — Murilo acrescenta. — Uma pessoa muito desagradável.

O delegado ergue as mãos nem tanto pedindo para falarem baixo, mas para se acalmarem. Está ciente de quem são e de suas conexões com escalões superiores. Afirma que o investigador se excedeu, é verdade, vai falar com ele, adverti-lo, não descarta sanções administrativas.

— Escuta, o secretário de Segurança ligou pro senhor? — Arnaldo Sándor segue no ataque.

— Sim, ligou, já conversamos. Há uns vinte minutos atrás mais ou menos.

Redundância, delegado, Murilo se diverte. Não é uma conversa, é uma descompostura, alegra-se.

O delegado segue suas explicações sobre o andamento das investigações, pede desculpas pelo comportamento do subalterno, promete providências, afirma conhecer o secretário muito bem, diz serem amigos de longa data, o pessoal do escritório não será mais incomodado, podem ficar tranquilos.

Arnaldo Sándor não está satisfeito. Ele sempre ensina a sua equipe que depois da queda do inimigo é preciso subjugá-lo, depois matá-lo, depois esquartejá-lo e, por fim, atear fogo no corpo até que o inimigo se torne um amontoado de cinzas. Vitórias para ele só são completas dessa forma. Adora citar passagens de sua bíblia, *O livro dos cinco anéis*. Aos mais próximos como seu futuro genro costuma presentear com os ensinamentos de Miyamoto Musashi.

O celular do delegado vibra na sua cintura. Ele pede licença e atende. Ouve com atenção. Seu rosto se contrai, ganha cor. Diz alguns palavrões em voz baixa e termina dizendo que já está se deslocando.

— Os senhores vão me dar licença, mas aconteceu ... — interrompe-se. É visível seu desconforto, não consegue abafar o *puta que o pariu*. — Eu realmente preciso sair — diz.

Puxa a gaveta. Retira de lá a pistola dentro do coldre preto. Ergue-se. Prende o clipe em polímero do coldre no cinto e, ante a expectativa dos advogados ainda sentados, explica:

— Tiroteio na Vila da Fumaça.

Katsu! Totsu!, pensa Murilo Marques.

[Não é difícil puxar o gatilho. É só pensar nesses jogos eletrônicos. Qualquer criança puxa o gatilho todos os dias, soma dezenas de mortes ao seu cartel. A cada vez que aperta o Play e recomeça nova aventura vai se tornando mais atenta e afina ainda mais sua técnica. Qual o incômodo em mudar de bandidos de pixels para traficantes de carne e osso? A emoção. Nada pode ser comparado a uma caçada real.]

A bordo do Classe C.

Arnaldo Sándor, ainda irritado, promete pedir a cabeça do delegado ao secretário de Segurança Pública.

— Homem mais impertinente. Sujeitinho cretino, desprezível — rosna.

— E com péssimo gosto para se vestir — Murilo Marques zomba e aí trata de acalmá-lo. Avalia que a conversa foi bastante esclarecedora, tem certeza, não serão mais importunados.

— Incompetente. Não pode nem com as cuecas e vem querer direcionar a investigação para o nosso lado. Filho da puta — há ódio em sua voz.

— Enchendo o nosso saco em vez de prender bandido — o advogado reforça buscando contagiar o espírito alheio, como o próprio patrão diria.

— Está decidido, Murilo.

— O quê, doutor Sándor?

— Hoje mesmo, reunião de diretoria. A mudança é imperativa. Imagina, a porra de um tiroteio a duas quadras do nosso escritório. Não. Isso é inaceitável.

[Tive uma professora ótima na escola. Maria Emília. Física. Eu folheava o livro e não entendia nada. Palavras, números, desenhos, diagramas. Não me diziam nada. Quando ela explicava o conteúdo e nos propunha desafios, jogos, charadas, tudo se iluminava. Física, vejam só, acabou se tornando minha matéria preferida. Invejei seu talento na hora de transmitir conhecimento. Imaginei jamais ser capaz de fazer o mesmo. O planeta em que vivemos se move, gira sobre o próprio eixo. As marés avançam e recuam. Mudam as estações. Mudamos nós. Eu seria capaz de ensinar a matar?]

As rádios locais dão destaque com poucos detalhes. O episódio ganha cobertura repleta de superlativos e lugares-comuns. A área no entorno da Vila da Fumaça está interditada por policiais civis e militares. Fala-se inclusive em medida mais dramática, a intervenção do Exército.

As primeiras informações indicam que os supostos traficantes da comunidade haviam sofrido severo ataque de uma facção inimiga ainda não identificada e responderam ao fogo com rajadas de metralhadora e tiros de revólveres e de pistolas.

Testemunhas ouvidas pelos repórteres falam em cenário de guerra. Alguém chegou a arriscar o número de tiros disparados: mais de 200. Outros relatam como tiveram de se jogar embaixo de móveis, enquanto as balas perfuravam suas residências. Carros foram atingidos por balas a vários metros da vila.

O número de feridos é incerto. O Hospital de Pronto-Socorro contabiliza a presença de seis vítimas. Três pessoas chegaram com escoriações por vidro e por objetos contundentes, todas feridas ao procurarem se proteger. Também deu entrada no HPS um senhor vítima de infarto possivelmente provocado por susto. Os casos mais graves são de dois homens ainda não identificados feridos com gravidade por armas de fogo, um deles com quadro estável, o outro, no bloco cirúrgico, com a possibilidade de perder o braço esquerdo.

Autoridades são ouvidas e com unanimidade destacam: serão tomadas todas as providências cabíveis, a população não precisa se preocupar, não ficará sem a resposta mais enérgica e definitiva.

— Bando de maricas — Arnaldo Sándor se queixa dos discursos padronizados diante da crise.

Aproximam-se do edifício Excelsior. Sirenes esparsas ainda podem ser ouvidas. Viaturas e veículos da mídia se deslocam em velocidade.

— Deviam mandar os tanques investirem contra esses miseráveis — ele observa.

[Convencer outrem pode ser qualificado como um tipo de arte. E como dizia meu pai: *Arte requer tempo*. Isso me faz lembrar outro ensinamento do doutor Arnaldo Sándor: *Nunca fique acuado*, *na defensiva, ataque sempre.* Com o tempo perdera sua aura de privilégio, melhor confiar nas táticas Sándor. Atitudes extremas teriam de solucionar a questão. O temor nunca pode sobrepujar a esperança. Em casos de convencimento, na maioria das vezes, o apelo monetário é o mais eficiente. E este é um dos meus ensinamentos. Um famoso escritório de advocacia envolvido com aqueles eventos na tal Vila da Fumaça? A sujeira respingaria em todos, sem exceção e isso se refletiria nos bolsos correspondentes. Havia, claro, o componente amizade, irmandade, e essas coisas sempre contam. Mas, puxa, não era preciso gastar tanta munição.]

15.

O sinal está vermelho.

Murilo Marques pisa delicadamente no freio e o Golf para antes da faixa de segurança.

Um Corsa sedã encosta ao lado.

Duas buzinadas curtas.

O advogado olha e ali está o investigador Ronaldo Querubim, baixo, possante, olhos castanhos de órbitas rasas, a testa com leve protuberância disfarçada pela franja.

— Bola na Trave — Murilo o saúda.

Os vidros dos dois carros são descidos. O do Golf desliza suavemente, o do Corsa aos trancos e de forma irregular, contando com a ajuda da mão do policial.

— Tremenda coincidência, né? — o investigador sorri.

— O mundo é pequeno, o senhor sabe.

O sinal abre.

No segundo seguinte o motorista de táxi atrás buzina já impaciente.

Ronaldo Querubim aciona o giroscópio posicionado na tampa traseira de seu carro. A luz vermelha acalma o taxista.

— Incrível como a gente acaba sempre se encontrando, doutor.

— Coisa mais maluca.

A avenida tem tão somente duas pistas. Os dois carros lado a lado obstruem o tráfego. Outros veículos começam a se acumular na via, porém o giroscópio impõe respeitoso toque de silêncio e de educada expectativa.

— Posso lhe pagar uma janta, doutor Murilo?

— Hoje, não. Minha noiva me espera — e exibe a aliança e o leve tremor dos dedos ameaça denunciá-lo.

O investigador olha à frente. Balança a cabeça, compreende a situação, diz ser totalmente impensável deixar dona Francisca Sándor aguardando-o. Encara o advogado.

— Ali adiante, no McDonald's — aponta com o dedo.

Murilo trata de empurrar um sorriso na direção dos lábios. O reflexo rubro do giroscópio pinta uma expressão atordoada em seu rosto. Entende que não vai se livrar dele tão fácil. Claro, pode ignorá-lo, no entanto está curioso. Importante conhecer o oponente. A síndrome de Crouzon aliada à luz vermelha piscante deixa o rosto do policial com inegáveis traços demoníacos. O advogado mostra o polegar e arranca.

O policial desliga o giroscópio e o segue por 300 metros até os luminosos com os dois grandes arcos. Vê a lanterna direita do Golf piscar seu círculo amarelo.

Uma das alças do estacionamento está vazia. Ainda é cedo, em breve não haverá lugar. O movimento maior é no *drive-thru*, onde sacolas brancas de papel transportam jantares. Os postes de iluminação refletem seu enjoativo tom alaranjado.

Os dois estacionam e descem.

Aperto de mãos. Sorrisos.

Murilo Marques se encosta na traseira de seu carro. Braços cruzados, o costado do sapato direito repousando sobre o peito do sapato esquerdo.

— Ouvi dizer que o senhor andou conversando com o delegado Leite. — Ronaldo Querubim começa.

— Ouviu corretamente.

— E eu ouvi isso do próprio delegado Leite.

— Ui — Murilo debocha.

— É, doutor, o senhor tá certo. Doeu. Foi uma mijada e tanto. E o pior é que o senhor tinha me falado da sua boa relação com o secretário de Segurança.

O advogado solta uma risadinha baixa, zombeteira (queria ter visto a tua cara, Bola na Trave).

— Eu estive lá apenas acompanhando o doutor Sándor. E é ele quem conhece e tem boa relação com o secretário — acha por bem acrescentar.

— O delegado Leite é outro merda. O senhor tem a sorte de não precisar aturar a figura. Como o secretário, não entende nada. Nenhum dos dois nasceu pra ser polícia. Por isso, eu digo, foi bem difícil ser mijado por aquele merda. Mais difícil ainda foi não avançar e quebrar toda a cara dele.

Murilo limpa a garganta.

— Bom, não vou mentir. Dei meus pitacos também. Comentei como sua presença no escritório era desagradável e como suas insinuações reforçaram o apetite do pessoal em apresentar uma representação criminal contra o senhor.

— Sei, sei, conheço a balela.

Ante o comentário desdenhoso do policial, ele recua. Reconhece: a estratégia de atemorizá-lo com o eventual processo foi desastrosa. Corrige-se, trata de dar flexibilidade às mãos na hora de manusear a espada.

— Mas de modo geral fui ao gabinete do delegado Leite só como acompanhante do doutor Sándor. Ele estava bem nervoso.

— Só acompanhando... O que foi muito conveniente, né, doutor?

— Desculpe, não entendi.

O policial ri alto, eleva as mãos, deixa aparente as duas rodelas de suor impressas sob as axilas da camisa. Faz a volta sobre si mesmo e explica:

— É o que se poderia chamar de álibi perfeito.

— Álibi? Desculpe, mas eu realmente não estou acompanhando o senhor.

— O tiroteio na Vila da Fumaça. Justo quando o senhor conversava com o delegado Leite. No exato momento.

— Ah, o tiroteio. Isso. Claro, álibi perfeito. Agora entendi — (sai dessa, filho da puta).

— Muito conveniente — o policial repete.

— Posso ser franco? Por mim, esses vagabundos podem continuar se matando à vontade. Não dou a mínima.

— Álibi perfeito. Boa jogada — não dá atenção ao comentário. Tem vontade de algemá-lo ali mesmo e levá-lo até um local ermo. Não o considera capaz de suportar uma sessão de tapas e socos.

— Ei, espera aí. O senhor não está pensando...

O policial escora-se a seu lado.

— Que o senhor tem a ver com as mortes dos traficantes? Que o senhor tem um cúmplice pra lhe fornecer o tal álibi perfeito no momento mais apropriado possível?

O advogado aguarda ele dizer *Não, de forma alguma* ou *Isso jamais passou pela minha cabeça* (cabeçona). Mas o homem não diz nada. As costas do advogado começam a transpirar. No *Livro do fogo* está escrito: *É preciso lutar de costas para o sol.* Onde está o sol agora? Proteger a retaguarda e o lado direito? Era isso?

— Ah, doutor Murilo, o mundo é o lugar mais cheio de imperfeições que eu conheço — ele por fim comenta.

— A beleza está aí, investigador.

Ficam em silêncio. Um Zafira escuro entra no estacionamento. Sua potente aparelhagem de som executa música das mais indecifráveis. Estaciona, ocupando duas vagas, próximo a eles. Quatro meninas com roupas curtas e coloridas descem rindo e falando alto. Ignoram os dois homens.

— A tese do atirador na fachada oeste do edifício Excelsior não se sustentaria, promotor nenhum compraria essa bronca.

— Não sei não, investigador. Aquela terapeuta de reiki é bem esquisita.

O policial ri, bate as palmas das mãos nas coxas.

— Não, é sério. O senhor já deve ter conversado com ela. O jeito como ela olha... Já peguei o elevador com ela. Ela me deu bom-dia e, juro, quase borrei minhas calças.

Ronaldo Querubim ri de novo.

— Tem razão, doutor. Esse pessoal com cara de bonzinho... Não dá pra confiar. É que nem bandido, doutor Murilo. — Respira fundo, desencosta-se da traseira do Golf. — Não se pode confiar. Eles tão sempre tramando alguma sacanagem. E nunca deixam barato.

O advogado concorda. Afrouxa o nó da gravata. Examina o céu.

— Vai chover — diz.

Os dois se despedem com aperto de mãos.

— Só mais uma coisinha, doutor Murilo.

O advogado sorri ao lembrar-se do personagem do seriado televisivo.

— Certa feita um guri andava furtando toca-fitas numa região de restaurantes. O senhor lembra? Toca-fitas? A gente empurrava a fita cassete pra dentro. Pois é. Dois ou três dias depois, o guri tava lá de novo, claro. Quebrava o vidro dos carros dos bacanas, surrupiava o toca-fitas e saía correndo. Foi pego de novo. Na terceira vez que eu encontrei com ele, eu disse, e lembro bem das minhas palavras. Falei: A mosca tem olhos até na nuca e mesmo assim acaba amassada.

— Deixa eu adivinhar — o advogado disse. — Ele não entendeu.

— Foi culpa minha. Eu devia ter escolhido melhor as palavras.

O policial entra no Corsa sedã e sai pela contramão do estacionamento.

O advogado contorna o prédio da lanchonete até encontrar a placa Saída e dez minutos depois, já com os primeiros pingos de chuva pontilhando os vidros da cidade, apanha o copo do 18 anos. Agradece Francisca e os dois se sentam confortáveis na sala de estar do amplo apartamento.

Ela comenta que a coleção está absolutamente finalizada. Muito prata, branco, champanhe, tons pastéis, peças fluidas e com transparências discretas. Ele quer saber se o produtor já tem tudo pronto para o desfile.

— Sempre acontece um ou outro imprevisto de última hora, mas o Rafinha tem tudo sob controle.

— Tenho ciúmes desse cara.

— Ele é gay, meu amor.

— Por isso mesmo. É meu principal motivo. Ele passa o dia contigo, te entende, te escuta, divide sentimentos...

— Cala a boca — ela o corta e o atinge com a almofada. — E como foi na delegacia?

— Teu pai exagerou um pouco. A polícia tava só fazendo o trabalho dela. Malfeito, mas tudo bem. O doutor Sándor mijou no delegado e pronto.

— Vocês precisam mesmo se mudar de lá. O que foi o tal tiroteio? Fiquei preocupada.

— Besteira. Acerto de contas entre os traficantes. É só gentalha. Nada fora do normal — bebe, cola o copo bojudo na testa. — Preciso tomar banho.

— Já fizeram a reunião?

— Sobre a casa? Ainda não, mas teu pai não vai ter dificuldade em convencer todo mundo. Tu sabe como ele é. O homem é uma usina. Além disso, consegue sempre convencer quem precisa ser convencido. Mas te confesso, vou sentir saudade do prédio.

— Vou ter tanta saudade daquele prédio quanto sinto saudade de uma lata de lixo orgânico.

— Ei, tá me chamando de vira-lata?

Ela pula sobre ele, se beijam, as pedrinhas de gelo dançam.

— Da senhora depende o meu sofrimento e minha beatitude — ele sussurra. — Pela tua palavra vou ser feliz, se quiseres ou infeliz, se te agradar.

Francisca produz ruídos sensuais, elogia-lhe o momento poético. Murilo diz ter tirado a frase de uma peça antiga, mas ela está concentrada em abrir fendas na roupa do noivo e em fazer o sangue dele espantar o cansaço, trazê-lo para seu círculo de desejo.

O telefone celular de Murilo Marques zumbe no bolso do paletó.

– Expediente acabou – ela diz, abre o zíper da calça dele.

– Calma, amor, vai que é o teu pai.

– Ele pode esperar – passa a mão delicada pela abertura do tecido, investiga o conteúdo em expansão.

– Sério, amor.

Ela suspira e aguarda recostada no peito dele. Ouve seus batimentos cardíacos. Continuados, tranquilos, vigorosos. Ali está a cadência que a complementa, ali encontrou a certeza de sua felicidade. Desde o cumprimento sutil, algo tímido, trocado dois anos antes na primeira festa de fim de ano em que ele tomou parte já na condição de associado da firma de Arnaldo Sándor. O sorriso oblíquo caracterizou o vaticínio agora em rápido avanço no território do real. Ela não escuta a conversa, concentra-se nas suas memórias. O convite para sair, o primeiro beijo, o pedido formal de casamento temperado pela indisposição estomacal que levou seu pai a procurar atendimento médico e que, até hoje ele sustenta, não foi provocado pelo pedido em si, mas pela moqueca de camarão oferecida por um cliente. O peito atlético, de poucos pelos, com seu cheiro característico a despertar em Francisca o desejo de ficar grudada a ele auscultando-lhe o coração, agora levemente acelerado, fora do ritmo. Ela ergue a cabeça.

– Que foi, meu amor?

– Era o Delvecchio. Disse que a doutora Lenzi está desaparecida.

– Hortênsia?

– Sim.

– Meu Deus, mas desaparecida como?

– Não está no escritório, nem em casa, nem na casa dos pais, não atende o celular. Sumiu.

– Meu Deus... Isso é horrível. Será que aconteceu alguma coisa?

Ele procura sorrir.

– Não é nada. Ela deve estar namorando alguém. Só isso.

Murilo Marques não acredita em suas palavras. Pensa em toca-fitas.

16.

[Meu objetivo nunca foi me igualar à estupidez ou à ferocidade de caras como Charles Whitman, ou Cho Seung-Hui ou John Allen Muhammad. Eles são fruto de comportamentos psicóticos e criminosos. Para mim, apenas um desafio, um esporte radical. Os alvos? Todos culpados. À exceção da menina azarada, nenhum deles fará falta, para alívio da própria comunidade e, por que não?, da polícia também.]

Hortênsia Lenzi, cabelos negros naturalmente ondulados, olhos negros de incêndio, boca sensual, está sentada em uma cadeira de rodas. Amarrada, amordaçada e com capuz sobre a cabeça.

Ela reza em silêncio e treme ao menor ruído.

A imagem da tarde anterior a persegue.

Seu dedo pressiona o botão do controle remoto. Ouve a reclamação artrítica da estrutura do portão de acesso à garagem do prédio. Decide almoçar em casa. Acha que fará bem sair um pouco do ambiente do escritório, especialmente após o tiroteio ocorrido a duas quadras. Sabe que almoçar em casa vai poupá-la de Murilo Marques. Já está com severa dificuldade para disfarçar seu desconforto com a presença dele. Distraída, enquanto o portão se eleva, ouve pancadinhas secas na janela a seu lado. Assusta-se: é um homem mascarado. Ato contínuo, antes que o susto a libere para pensar em qualquer coisa, o vidro da janela do passageiro explode numa chuva de fragmentos. Outro homem mascarado abre a porta, libera-a do cinto de segurança e aos gritos a manda pular para trás enquanto o mascarado número um penetra o habitáculo e assume o volante. O carro arranca com fúria, some. Tudo assim, rápido e fácil.

Reza.

Não dormiu a noite toda.

Não lhe disseram nada. Só para não gritar. A penalidade, a advertiram, ia do bofetão ao estupro, do rosto retalhado à morte. Ela não gritou, não falou. Também não comeu nem bebeu o que lhe ofereceram.

Recorda a truculência com a qual foi deitada no assoalho de seu próprio carro. Um tênis embarrado sobre seu rosto. O ruído da fita tape fazendo voltas em seus pulsos, em seguida circundando sua cabeça, prendendo cabelos, tapandolhe a boca. Imagina que morrerá por asfixia, mas então procura se controlar e passa a respirar aos tragos pelo nariz.

Uma porta é aberta. O ruído de chaves e gonzos lamurientos não a deixa ter dúvidas. Estremece. Começa a chorar. Alguém está com ela no cativeiro.

— Não fica assim, tia — a voz é de uma adolescente. Há compaixão na voz.

Hortênsia não percebe, mas dá vazão a uma urina áspera e escura.

— Pessoal já, já, vai resolver a tua situação. Trouxe água, tia. Bebe aí.

[Nada podia ter me deixado mais furioso do que encontrar aquele bilhete. *LIVRE-SE DESSA COISA*. Uma palavra sobre a outra. Tudo escrito em maiúsculas, letras grandes bem distribuídas na folha de tamanho ofício. Nem tanto para sublinhar a advertência, mas desenhadas para tentar dificultar a identificação da cursiva do poeta. A mensagem em papel timbrado do escritório.]

A agitação circula cada centímetro do escritório. Todos parecem se mover como um organismo setorizado, onde cada parte desempenha operações fundamentais de sobrevivência.

O próprio Arnaldo Sándor vai à casa de Hortênsia Lenzi. Acompanhado por um chaveiro e pelo assustado zelador, os três invadem o apartamento em silenciosa expectativa. Não a encontram caída vítima de AVC, ataque cardíaco ou overdose. Encontram tudo em ordem, sem vestígios de viagem ou de confronto. Nada parece ter sido subtraído dali.

Os pais não sabem dela e se juntam na aflição. São feitas ligações telefônicas a amigos e parentes, mesmo os mais distantes ou improváveis. Os resultados inúteis alimentam o desânimo.

No meio da tarde, estão todos ainda às cegas. A polícia é acionada e logo de cara são encontrados fragmentos de vidro diante do portão de acesso à garagem. A hipótese mais coerente é a de um assalto seguido de rapto. Buscam sem sucesso por testemunhas. O prédio não conta com câmeras de vigilância.

[*LIVRE-SE DESSA COISA*. Letras quase infantis, de alguém que está se familiarizando com o alfabeto. Quase. Os dois "as" me dão a dica. Os traços horizontais escapam um pouco do corpo da própria letra. Quem escreve assim? Quem possui essa letra? Lógico, não é uma conclusão absoluta. É uma suspeita com a qual terei de conviver. De qualquer maneira, não é saudável uma vida sem as delícias do perigo.]

Pouco depois das cinco da tarde, a secretária transfere uma ligação para o escritório de Murilo Marques.

— Quem é? — ele pergunta mal-humorado.

— Não disse. Falou que é urgente.

Ordena que ela passe a ligação de uma vez.

A voz é arrastada, maliciosa.

— Essa doutora aqui tá dizendo que tá grávida. É verdade?

— Acho que é verdade sim. Quem fala?

— Meu nome não interessa, doutor.

O advogado acha que ele está drogado ou tem, de fato, alguma dificuldade neurológica para articular as palavras.

— Como é que eu devo te chamar? (Filho da puta?)

— Pode me chamar de Profeta.

Murilo tenta rir. Só consegue ruidar.

— Profeta é o camarada que sabe o que vai acontecer no daqui pra frente.

— Pois é, Profeta, então tu sabe que tu te meteu numa fria e vai acabar se fodendo.

Murilo ergue as persianas. O nublado da tarde invade sua sala.

— Por enquanto quem tá fodida é a tua namoradinha. Bom gosto, doutor. Parabéns.

Ele tranca a porta do escritório e se abaixa em frente da escrivaninha onde repousam livros, material de escritório e processos em análise. Na base do móvel feito sob medida ele abre a tampa de MDF laqueado. Empurra para o lado o bilhete, *LIVRE-SE DESSA COISA*, e resgata de seu repouso o Dakota T-76 Longbow.

— O gato comeu a tua língua, doutor?

— Não, não, só abrindo a janela um pouco pra ventilar. Dia abafado.

— Dia abafado que pode nem terminar pra doutora.

— Vai ser um desperdício, Profeta. Não concorda?

Começa a focalizar a rua de terra da Vila da Fumaça.

— Concordo, doutor. Ela é muito gostosa. Porção de gente aqui querendo chegar junto nela. O senhor ia ficar com ciúme. Neguinho até já meteu a mão nos peitos dela pra sentir se eram de verdade.

— Silicone — revela sem emoção.

Dia fora da rotina. Ninguém do tráfico à vista.

Sorri. Sente-se lisonjeado.

— Ligar pra cá é uma tremenda burrice, Profeta.

— Não, doutor. Ninguém tá gravando nada. Aqui não tem essa de grampo nem trairagem. É só um papo entre amigos.

— E qual é o papo, Profeta?

— É um lance de economia.

— A lojinha não tá faturando, Profeta?

— Probleminha de fluxo, sim.

— Mercado desaquecido?

— Ih, doutor, não mesmo. Mercado tá sempre aquecido. O problema é que tem alguém corujando a nossa atividade.

Alcança o fim da rua. Por um instante pensa em um *sniper* posicionado lá entre os casebres aguardando o momento correto. Não, procura afastar a hipótese. Seria em demasia. Eles não teriam tal refinamento.

— Aí, doutor, esse camarada misterioso inclusive andou usando um brinquedo de longa distância. Sabe como é, doutor, clientela foge.

— Sugiro uma consultoria financeira. Posso te indicar uma muito boa.

O homem do outro lado da linha suspira.

— Não é melhor, doutor, fazer as coisas na camaradagem, no profissionalismo? O pessoal daqui acha que não. Tem uns truta aqui que querem ir pra cima.

— São uns selvagens.

— Mas é que derrubaram sete daqui, doutor. Cinco deu cova. Dois foi pro casarão.

— O mercado está sempre cheio de bons profissionais de reposição.

— Verdade, doutor. Por isso não me preocupo muito. Sou da paz e do amor. Sou Profeta. Eu consigo ver o daqui pra frente, doutor. Tô vendo que a distinta clientela vai voltar aos pouquinhos, agora que já passou o nervosismo.

— Já passou?

— Já passou, sim. Tá tudo na moral. Pode confiar.

— Olha, Profeta, sem ofensa, mas um especialista me disse que não se pode confiar nessa gente. Porque eles estão sempre de sacanagem e não gostam de deixar barato.

— Ih, doutor, tem que avaliar a situação. Não dá pra pagar conta de vinte com nota de cinquenta e ficar sem troco. Preju nem pensar, né doutor?

— Seria desagradável. De fato.

– Tem um mercadinho por aqui. O dono curtia errar no troco, tá me entendendo, doutor?

Murilo Marques sente o sangue pulsar com mais calor dentro das veias. Focaliza o mercadinho ao lado de uma das vielas à sua direita.

– Aí, um belo dia, alguém fechou o paletó dele. É um jeito de resolver as coisas, doutor.

A ligação é cortada.

Observa o estabelecimento e seu entorno. Ninguém à vista.

Espera.

Então percebe uma imagem se agitar e se sobressair na escuridão da viela.

É uma cadeira de rodas. Amarrada a ela está Hortênsia Lenzi.

A advogada luta para se soltar. Está desesperada.

17.

Perplexidade e consternação ainda dominam o ambiente e contaminam as conversas.

A missa de sétimo dia de Hortênsia Lenzi provoca desconforto em toda a equipe da Sándor & Associados. Os pais da advogada, murchos, sentados na frente, perseguem uma explicação razoável dentro da inconformidade que os afoga aos poucos. O padre e familiares mais próximos os rodeiam. Não há conforto possível.

Arnaldo Sándor, homem alto, corpulento, cabelos grisalhos, olhos de um azul pálido, infiltra-se para, mais uma vez, colocar o escritório à disposição dos pais no que for necessário. Ele diz que não descansará enquanto o caso não for solucionado. Afirma que está em contato permanente com o secretário da Segurança Pública. Finaliza dizendo que as formalidades podem ser encaminhadas quando eles acharem mais adequado.

Eles lhe agradecem pela presteza, particularmente por ter cuidado em pessoa de todos os encaminhamentos. Referem-se a tudo que envolveu o reconhecimento e o funeral da filha.

O corpo da advogada foi encontrado em local ermo. Estava dentro do próprio veículo da vítima. Ambos incinerados. O trabalho de necropsia revelou que ela possivelmente estava morta antes do fogo. Tiro no peito. O reconhecimento foi feito pela arcada dentária.

A polícia acredita que o roubo do automóvel deu errado. Primeiro, porque a levaram junto. Segundo, porque não sabiam ao certo o que fazer com ela. Terceiro, porque devem ter percebido como o caso iria repercutir. A hipótese mais trabalhada pelos policiais é de execução sumária e posterior desova e destruição do corpo e do móvel do crime.

A mídia deu a devida cobertura ao caso. Em momento algum foi feita ligação com os eventos na Vila da Fumaça. Nas páginas dos jornais, nas ondas das estações de rádio, nas imagens dos diversos programas televisivos e nos links de sites de notícias, percebeu-se de forma clara um sentimento desconfortável de insegurança, de violência crescente e de impunidade. No farto material trabalhado pela mídia, a aplicação da pena de morte pairou como uma alternativa concreta para os mais indignados.

[A casa em estilo neocolonial foi comprada. A arquiteta e a firma responsável pela reforma, contratada. O doutor Arnaldo Sándor quer tudo pronto em três meses. Tem se dedicado com afinco à tarefa de perturbar os operários. A futura sala de reuniões vai se chamar Dra. Hortênsia Lenzi. Planeja realizar uma cerimônia com a presença de seu Rubão e dona Amância. Imagino se as reproduções de Paul Cézanne estarão na parede.]

Murilo Marques, estatura mediana, compleição atlética, traços angulosos, aceita o Merlot.

Geraldo Delvecchio, o rosto redondo denunciando seu sobrepeso, onde duas profundas entradas antecipam sua calvície inevitável, termina de servir o amigo e enche sua taça.

Estão na sala do apartamento do cadeirante.

— Tim-tim — propõe e ergue a taça com solenidade.

Murilo o acompanha.

O som das taças é fino.

Bebem.

Silenciam. Não diante do sabor do vinho. Mas em pensamentos ainda recorrentes.

— Tu tinha certeza que eu ia topar?

Murilo sorri para o colega.

— Não.

— E mesmo assim...?

— Eu precisava de um álibi perfeito. E outra, tu adorou aquela vez no sítio da Francisca. Adorou me ajudar a explodir aqueles melões todos.

— Melões — acha por bem enfatizar. — Apenas melões, porra.

— Vá se foder — e chuta de leve a cadeira de rodas.

— Eu precisava de mais prática. O nervosismo é que ferrou comigo.

— Cagão.

— Mas mesmo assim, peguei dois.

— Com a mesma quantidade de balas eu teria pacificado aquela vila.

A campainha interrompe as risadas.

— Etyeny — Geraldo gesticula obscenamente com a língua. — Com dois ípsilons.

— Hmmm, ela já tem a chave lá de baixo? Cuidado, daqui a pouco vai alegar união estável.

O outro ri, pede para ele terminar a taça e se mandar.

A porta é aberta.

Etyeny entra. Veste um minivestido de lycra preta. As pernas quase musculosas em excesso. A pele é artificialmente dourada, os cabelos são loiros, alisados, abundantes.

[Não é difícil visualizar a cena. Antônio Delacir dos Santos, vulgo Toninho Ferrolho, 34 anos, magro, traços indiáticos, cabelos cortados rente, olhos amendoados e boca em constante trejeito divertido vai para o banho no banheiro coletivo do presídio. Anda quieto nos últimos dias. Faz as contas. *Cinquenta mil reais é um dinheiro e tanto. E nem vai ser difícil meter a mão na grana. Colônia agrícola? Por que não? Muito mais fácil de fugir. Espera aí. Talvez seja melhor cumprir a pena lá, já que a dinheirama vai tá esperando por mim. Ou dá pra usar o dinheiro pra subornar, conseguir mais confortos. Ah, e o melhor de tudo é que, quando a grana acabar, basta mais um telefonema pro doutor e outros cinquentinha entram na conta.* Ensaboa-se. Em dado momento de sua higiene algum reeducando aproxima-se furtivamente para introduzir uma "bicuda" na nuca do apenado. Ele desaba no piso. O sangue começa a gorgolar. Agentes penitenciários são informados. A lista de suspeitos é enorme. Verdade irreprimível: o apelo monetário é sempre eficiente.]

A noite está agradável, temperatura amena.

Murilo Marques se aproxima de seu carro e ouve bang, bang.

Estremece.

É Ronaldo Querubim, baixo, possante, olhos castanhos de órbitas rasas, a testa com leve protuberância disfarçada pela franja. Ele ri e se desculpa.

— O senhor me deve uma calça nova — o advogado ri, e sua risada é a manifestação sincera de que foi apanhado de surpresa.

O investigador assopra o indicador na óbvia representação de um pistoleiro.

— Tenho pavor desses caras — confessa.

— De assassinos? — Murilo bipa o Golf.

— O jeito sorrateiro deles me incomoda. Ficam de campana, conhecem os hábitos da vítima, perseguem, emboscam e, de repente, quando menos se espera, bang, bang.

— Tem maneiras mais divertidas de se matar — Murilo abre a porta.

O policial senta sobre o para-lama direito.

— Andava com saudade, doutor Murilo.

— Engraçado. Eu não.

Os dois trocam sorrisos gentis.

— É só o senhor não me enxergar como um representante da lei. Tenho certeza de que vou subir no seu conceito.

— Isso funciona? — segura a quina da porta com a mão esquerda. A direita brinca com a chave do automóvel.

— É claro que sim. Lembra daquela história que eu lhe contei outro dia? Do guri reincidente?

— O que furtava toca-fitas?

— Precisamente. Ele só me via como policial. Tudo o que eu falei pra ele, tudo de bom que eu tentei transmitir pra ele, tudo entrou por um ouvido e saiu pela outra orelha suja. Ele não me viu como um conselheiro, como um amigo. E veja, doutor Murilo, alertei o guri de que os donos de restaurantes estavam perdendo clientes por causa dele. E isso provocava um efeito cascata.

Murilo resolve completar o raciocínio do policial:

— Os empresários perdiam, por tabela seus funcionários perdiam, bem como os guardadores de carros e assim por diante.

— Gosto de conversar com gente inteligente. O tal ladrãozinho não me escutou. Coincidência ou não, nunca mais se ouviu falar dele. Dizem que se mudou.

— Claro. Se mudou de planeta. Ou então foi morar no inferno, lugar aliás onde nasceu e de onde nunca deveria ter saído.

O policial volta a rir. Dá palmadas nas coxas, afirma não ter conhecimento de tal fato, mas concorda, é uma possibilidade.

— É como a economia. Ela é cheia de possibilidades — o advogado sustenta. — Às vezes fica estável, às vezes flutua conforme o humor do mercado.

— E como o senhor acha que anda o mercado agora, doutor Murilo? — fica em pé, sério.

Murilo entra no carro.

— Virou investidor agora?

— Digamos que eu esteja pensando a respeito.

— Bom — aciona o motor, liga os faróis —, o mercado sempre envia sinais. Boa-noite, investigador.

— Só mais uma coisinha, doutor.

Murilo engata a primeira marcha.

— Não esqueça o cinto de segurança.

O advogado pisca para ele e arranca.

[Decido não jogar fora o bilhete. *LIVRE-SE DESSA COISA*. Uma palavra sobre a outra. As palavras escritas em maiúsculas, letras grandes. Deixo a nota no mesmo lugar, sobre o rifle. Apanho uma esferográfica de tinta vermelha e desenho um X sobre cada uma das três palavras. Ao lado de cada uma escrevo a nova mensagem: *Tenha muito cuidado*.]

A chuva de aplausos ratifica o resultado esperado. A nova coleção da grife Francisca Sándor é um sucesso.

A estilista é levada à passarela pelas manequins que também a aplaudem. A mulher alta, 28 anos, cabelos castanho-claros, olhos lacustres, está satisfeita e emocionada.

Murilo Marques a observa em contraste com as modelos. Não a trocaria por nenhuma das meninas, uma delas, a mais fotografada e assediada, residente em Manhattan, ele considera a Miss Auschwitz.

Na recepção, nos poucos momentos em que não está atendendo os inúmeros convidados, beija e abraça o noivo. Ele não cansa de parabenizá-la. Francisca observa a passagem rápida do pai.

— Impressão minha ou ele anda estranho? — ela pergunta.

— Um pouco, é verdade. Mas deve ser a reforma da futura sede. Obra é sempre um caos, muito estressante.

E ela é levada para receber os cumprimentos de mais alguém importante.

[Então percebo uma imagem se agitar e se sobressair da escuridão da viela. É uma cadeira de rodas. Amarrada a ela está Hortênsia Lenzi. A advogada, coitada, luta para se soltar. Parece severamente desesperada. É o jeito perverso do tal Profeta, o sujeito que consegue ver o *daqui pra frente*, de dizer, veja, tenho contatos, facilidades, muita gente e muita grana envolvida. É a maneira que encontrou para sugerir: é fácil seguir teus passos, raptar tua colega/amante, esculhambar a tua *vida*. Encontra uma maneira persuasiva de demonstrar força, indicar como é difícil segurar seu pessoal, loucos por revanche. A imagem de Hortênsia amarrada insinua o trato: a vida dela pelo fim das hostilidades. Meu pai dizia que arte requer tempo. Despendi tempo e energia em busca da minha arte. Ela, a minha arte, se transformou em algo valioso demais para ser negociável. Por isso minha resposta precisa ser rápida e clara. Enquadro o peito de Hortênsia. Seguro a respiração, ouço meu coração. Entre um tum e outro tum puxo o gatilho.]

Impressão e Acabamento:
GRÁFICA STAMPPA LTDA.
Rua João Santana, 44 - Ramos - RJ